熱海湯けむり

鎌倉河岸捕物控〈十八の巻〉

佐伯泰英

時代小説文庫

角川春樹事務所

目次

鎌倉河岸周辺
鎌倉河岸
豊島屋
龍閑橋
弁天湯
青物市場
むじな長屋
彦四郎の長屋
船宿綱定
常盤橋
舘市右衛門屋敷
金座
金座裏
樽屋藤左衛門屋敷
龍閑川
林道場
西
北
南
東
0
200m

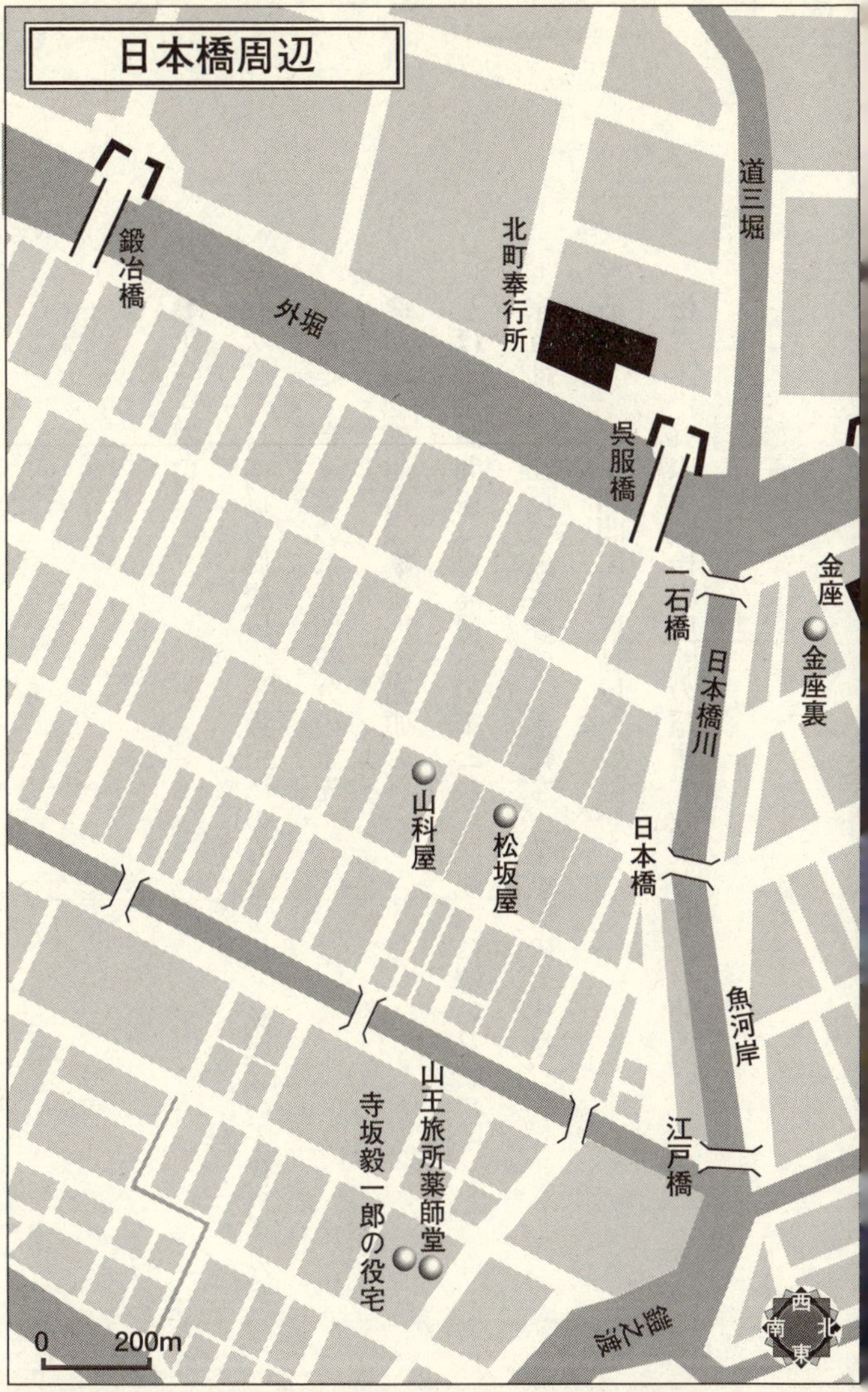
日本橋周辺
鍛冶橋
外堀
北町奉行所
道三堀
呉服橋
一石橋
金座
金座裏
日本橋川
山科屋
松坂屋
日本橋
魚河岸
山王旅所薬師堂
寺坂毅一郎の役宅
江戸橋
鎧之渡
0
200m
西
北
東
南

●主な登場人物

政次……日本橋の呉服屋『松坂屋』のもと手代。金座裏の十代目となる。
亮吉……金座裏の宗五郎親分の手先。
彦四郎……船宿『綱定』の船頭。
しほ……酒問屋『豊島屋』の奉公から、政次に嫁いだ娘。
宗五郎……江戸で最古参の十手持ち、金座裏の九代目。
清蔵……大手酒問屋『豊島屋』の隠居。
松六……呉服屋『松坂屋』の隠居。政次としほの仲人。

熱海湯けむり

鎌倉河岸捕物控〈十八の巻〉

第一話　たぼと隠居

一

冬の日が早、西に傾きかけていた。刻限は八つ半（午後三時）の頃合いか。

老若男女を交えた一行十人が熱海《あたみ》峠に向かう山道を曲がり、

「おおっ」

と感嘆の声を漏らして雄美にも大きな弧を描く駿河湾の海岸線に押し寄せる黄金色《こがね》の波に眼を奪われ、立ち止まった。

「月並みだが、絶景としかいいようがありませんな」

江戸の呉服商松坂屋《まつざかや》の隠居の松六《しょうろく》が呻《うめ》くようにいった。

「わたしゃ、最前から足にいささか疲れを感じておりましたがな、この景色を眺めたら疲れなんぞ吹き飛びましたぞ」

「おまえさん、熱海まではだいぶありそうだよ。大丈夫かね」

「おえい、若い頃、江戸はもとより近郷近在のお得意様回りをして足は鍛えてありますでな、ほれ、この通り」

と右足を持ち上げた松六が、

「あ、いたた」

と思わず漏らした。

「ご隠居様、無理をしないでくださいましな。熱海峠はもうすぐだ。山駕籠《かご》なんぞが熱海に下る湯治客を待ち受けている筈《はず》にございますよ。それまでの辛抱だ」

と金座裏《きんざうら》の九代目の宗五郎《そうごろう》がいうと、

「どうやら日とおっかけっこになりそうだ。そろそろ参りましょうか」

と一行に声をかけた。

宗五郎が箱根から伊豆への湯治旅を考えたのは長年連れ添った女房のおみつ孝行だった。宗五郎は金流しの十手《じって》の親分として若い頃から江戸八百八町はいうに及ばす、時には江戸の外に出て御用を務めてきたからあちらこちらの土地や風物を承知していた。だが、金座裏で一家を守る姐《あね》さんのおみつは、

「わたしゃ、箱根なんぞ東にあるものか西にあるものかも知りませんよ」

と時に宗五郎に訴えるほど旅をしたことがなかった。

そんなおみつが数年前、松坂屋の隠居夫婦に鎌倉河岸《かまくらがし》の老舗《しにせ》豊島屋《としまや》の隠居の清蔵《せいぞう》、とせ夫婦やしほらと伊香保《いかほ》温泉に初めて湯治に行き、すっかり旅と湯治が気にいった。そこでおみつのために宗五郎は、箱根と熱海の旅を企《くわだ》てたのだった。親戚同様の付き合いのある松坂屋と豊島屋の隠居二組にも誘いをかけたところ、即座に同行を願い出た。

だが、老夫婦二組を宗五郎とおみつ夫婦が世話するにはいささか大変だ。そこで松坂屋では手代《てだい》の忠三郎《ちゅうざぶろう》が、豊島屋では小僧の庄太《しょうた》が、そして、金座裏からは嫁のしほと手先の広吉《こうきち》が荷物持ちや世話方として加わり、賑《にぎ》やかにも十人の大部隊となったのだ。

「さて、参りますぜ。これからは下り道でございますがね、これが意外と厄介だ。石なんぞにうっかりと足を載せて足首をひねることがままあります。気を抜かずに参りましょうかな」

と箱根からの道中で拾った五尺（約百五十センチ）ほどの竹棒を杖《つえ》代わりに宗五郎が一行の先頭に立ち、歩き出した。

こちらも用心杖を突いた年寄り夫婦二組としほを真ん中に小僧の庄太が女連の傍《かたわ》らを後になり先になり、歩みに注意しつつ、一行の最後を忠三郎と広吉が務めた。

松六が足を引きずるようになったのは熱海峠へ数丁の山道だ。

「おまえさん、大丈夫かえ」

とおえいが案じて、

「まだまだいけますよ」

と声だけは張り上げたが痛みはかなりのものとみえて、額に汗を掻《か》いている。

「ご隠居様、私の背に負ぶわれますか」

と手代の忠三郎が気にかけたが松六は、

「その要はありません」

と一応断り、なんとかゆっくりと進むうちに熱海峠の三俣《みつまた》が見えてきた。

この三俣で左に折れれば熱海に向かい、右の下りに入れば軽井沢を経て三島へと下る根府川《ねぶかわ》道だ。

「親分、山駕籠がいるかどうか、わっしが見てきますぜ」

と手先の広吉が山道を駆け下っていった。

「おまえさん、駕籠に乗れるといいね」

「心配無用、熱海なんぞは私の足で辿《たど》りつけますよ」

と応じた松六だが、言葉には山駕籠が頼みという様子がありありと見えた。

熱海峠に九人が下ってみると山駕籠が三丁に馬が二頭待ち受けていて、広吉が値の交渉をしていた。

「どうしたえ、広吉」

「酒手《さかて》をあれこれと言いなさるから、おまえさん方の働きぶりを見てから一行の頭が決めなさることだと言い聞かせていたところだ」

「左官屋、郷に入《い》っては郷に従えって言葉もあらあ、この界隈《かいわい》の仕来《しきた》りもあろうじゃないか。相手の言い値を言ってみねえ」

宗五郎が山駕籠と馬方《うまかた》に笑いかけた。広吉を左官屋と呼んだのは前職が左官職人だったからだ。

「駕籠も馬も乗り賃が二百文、酒手が一人ずつに一朱の色をつけてくれってんで、親分」

「戻り駕籠にしちゃあ、いささか酒手が法外だな」

宗五郎の顔を窺《うかが》った駕籠かきの一人が、

「わしら、もう仕舞い駕籠に戻り馬だら、峠から浜まで二里はたっぷりあるら。無体ではねえら。慣れねえ山道で日が暮れると悪さをする野郎もでるら」

と半《なか》ば脅すように言った。

「まあ、いいだろう」

と鷹揚《おうよう》に承知した宗五郎が、

「駕籠にはおえい様、とせ様が乗りなせえ。隠居連の二人は馬の鞍《くら》で揺られていきなせえ」

と宗五郎が手配りした。

「もう一丁はどうするら」

と駕籠かきが案じた。

「しほ、おめえだ」

「親分、おっ義母《か》さんが駕籠に乗るのが順でございますよ」

としほが固辞した。おみつが宗五郎と顔を見合わせたが、

「しほがああいうんじゃ仕方ねえ、おめえが最後の駕籠だ」

と差配を揮《ふる》い、おみつが最後の山駕籠に乗り、新たな陣容で熱海への九十九《つづら》折れの坂道を下ることになった。

「おお、これは楽だし、なにより眺めがようございますな、清蔵さん」

と松六が後ろからくる豊島屋の清蔵に話しかけると、

「松坂屋のご隠居、私の馬はえらく首を振る馬でしてな、なんだか落ち着きません

よ」

　と答えた。

「客人、われが馬っ子は首振りが癖だ。一昨日も熱海から客を乗せたがよ、あんまり客がこ煩《うるさ》くゆうたら、そんだら馬っ子がいきなり走り出してら、鞍から振り落としたら」

「ちょいちょいちょっと、客を振り落としちゃあいけませんよ。怪我《けが》はなかったでしょうな」

　と清蔵が慌てた。

「ほうほう、谷に落ちた客がどうなったか、わしら、あんとき以来、見てねえら」

「ま、待って下され。私はおります、止めて下さい」

　と騒ぐ清蔵に馬方がにたにたと笑い、宗五郎が、

「馬方さんや、事情の分からねえ客をからかうもんじゃねえぜ」

　とやんわり注意した。

「えっ、冗談ですか。わたしゃ、胆《きも》を冷やしましたよ」

　清蔵がようやく落ち着き、馬の首振りも止《や》んだ。

「お客人、最前、お供や駕籠の女子《おなご》衆《し》が親分と言うたら。おまえさんは何者ら」

と先頭をいく山駕籠の先棒が宗五郎に尋ねた。するとそのかたわらで小田原提灯《ちょうちん》をすでに下げた庄太が宗五郎に代わって答えた。提灯にはまだ灯《あか》りは灯《とも》ってない。

「熱海界隈じゃ、江戸城の傍らにある金座を守る金流しの十手の親分を知らないか。ただの御用聞きじゃないよ。江戸開闢《かいびゃく》以来の御用聞き、二代目の宗五郎親分が金座に押し入ろうとした盗賊と立ち向かい、手首を斬り落とされながらも幕府の金子《きんす》を守ったてんで、時の将軍家光《いえみつ》様から格別に金流しの十手を賜《たまわ》りなさったんだ。以来、金座裏の宗五郎親分、金流しの親分と慕われる家柄でさ、江戸では一目《いちもく》おかれる親分だ」

小僧の庄太が亮吉《りょうきち》まがいの説明をすると、

「おおっ、金流しの親分なら、おら、知っとるら。なんでもおらの親父《おやじ》が湯治にきた金座裏の親分の世話をしたと自慢話を何度も聞かされたら」

「ほう、おめえの親父様がうちの先祖を世話したのはいつのことだ」

「ほうほう、二十五、六年まえか、いや三十年前かねえ。わしは熱海の駕籠屋のむく十《じゅう》だ」

「むく十さんよ、そりゃ、おれの爺《じい》様、七代目だな。以来、うちは熱海の今井《いまい》半太夫《はんだゆう》様と縁がある。今晩も今井家に着けてくんな」

宗五郎に言われた駕籠かきのむく十がうしろを振り返り、仲間たちに、

「客人はわしの馴染《なじ》みの金座裏の宗五郎親分ご一行だ。酒手なんぞ忘れてよ、丁重に山を下るら」

と改めて命じた。

熱海は幕府直轄領であったことから徳川家ばかりか大名諸家も足しげく通った。そんな折、本陣を務める家系の今井半太夫方か渡辺彦左衛門《わたなべひこざえもん》方に宿泊した。町人の金座裏がなぜ今井家に宿泊を許されたか、九代目の宗五郎もその経緯《いきさつ》を知らなかった。だが、金座裏では御用のときも湯治のときも今井家の旅籠《はたご》を使ってきたのだ。

「御用聞きの親分の足元をみるわけにいかんら」

と仲間たちも得心した。

「金座裏の親分さん、熱海はよ、徳川様と深い縁があるら、承知ら」

急に親分と奉《たてまつ》り始めたむく十の言葉に、

「家康様が熱海を訪れて湯治をなさったそうだな」

「ほうほう、二度も熱海においでになったぞ、熱海の名を江戸に広めた功労者ら」

むく十が言うように家康が初めて熱海を訪れたのは慶長二年（一五九七）三月のことで二度目は慶長九年に上洛《じょうらく》の道中にわざわざ立ち寄り七日間も逗留《とうりゅう》していた。江戸

時代の湯治は七日間が一つの区切りで、湯銭も七日間一人二百文前後だった。

「そんだら風に家康様と熱海は縁が深いら。以来、天下を平定された家康様のもとに熱海の湯の御汲湯《おくみゆ》献上の仕来りができたら、湯を大桶《おけ》に入れて早船で江戸に届けるら。三代家光様もよ、熱海別邸を持たれたこともあるら」

とむく十は言ったが、熱海御殿の造営の企ては実現しなかった。

宗五郎は御用で熱海に逗留したとき、そのことを聞かされていた。

遅く色づくことで有名な熱海の紅葉がようやく山の斜面に彩りを加えた谷間の向こうに相模灘《さがみなだ》が見えてきた。

「ああ、水が噴き上がっているぜ。ありゃ、なんだ」

庄太が素《す》っ頓狂《とんきょう》な声を上げた。鞍上《あんじょう》の松六も、

「おうおう、庄太さんのいうとおり天高く水が噴き上がってますぞ」

と小手《こて》を翳《かざ》して眺めた。

「小僧さん、ご隠居様よ、水ではねえ。湯だ。一日六回、湯がああして噴きあがるだ。熱海名物だがよ、一月に一度はよ、昼夜続けての長湧《ながわ》きが見られるら。その次の日は休みだ。湯もよ、時に休まないと涸《か》れるだな」

「そうそう、熱海に湯治に行ったうちの客が天まで届く大湯の長湧きの話を大仰《おおぎょう》に語

っていましたが、ほんとだったんですな」

と馬に乗って足の痛みを忘れた松六が、

「おうおう、また噴き上がりましたぞ」

と叫んだ。

熱海峠からの山道をとくと承知の山駕籠と馬を使ったせいで、なんとか日がある内に熱海の湯治場の外《はず》れに到着した。

「提灯を無理に使うこともなかったね」

と庄太が四半刻《しはんとき》（約三十分）ばかり用心のために灯した小田原提灯を吹き消し、畳んだ。

「親分方よ、林羅山《はやしらざん》というよ、えれえ学者様がよ、熱海に来て『伊豆の湯の一里ばかりにしに温泉ありしが、その地を熱海と名づけ、人の万の病あるもの、浴すればただ験あり、その湧き出る処をみるに潮の進退によりて、岩の間より湧きあがり』、とね、江戸に戻って旅日記に記されたそうら」

「むく十さんは商売がら物知りだ」

と松六が褒めた。

「ご隠居、熱海の湯は、大湯、清左衛門湯、小澤湯、風呂湯、佐治郎湯、こいつは眼病に効くら、そんで目湯ともいうら、最後に野中湯の六湯でら、この熱海六湯から筧《かけひ》で界隈の里人が湯を分けてもらうら。この六湯の中でもよ、大湯が頭分の湯だ。この大湯の湯権の湯株を持つのは昔から二十七軒が仕来りら、湯戸という組合を保ってきたら。この二十七戸の中でも差配を代々続けてきたのが、今井半太夫様、渡辺彦左衛門様、中屋《なかや》金右衛門《きんえもん》様に新屋《しんや》九太夫《きゅうだゆう》様らだ」

「ほうほう」

と松六が鞍から身を乗り出して前をいくむく十の大声の説明に耳を傾けた。

「ご隠居、熱海はよ、湯戸二十七戸、それも今井半太夫様方の四戸が本陣を務め、年貢を納めるのを許された代わりにら、大湯をきれいに保つ役目を負わされてら、御汲湯献上の仕来りの音頭をすべてまかされているら」

と熱海の湯をむく十が話し終えたとき、一行は熱海外れの道から海へと下る初川沿いの湯治宿が連なる通りの上の辻《つじ》へと出ていた。

むく十が山駕籠の足を止め、湯煙がもうもうと湧きあがる光景を宗五郎一行に見せた。

両側に板葺《いたぶ》きの湯治宿が櫛比《しっぴ》して海まで続いていた。どれもが低い二階家で二階の手すりに手拭《てぬぐ》いや浴衣《ゆかた》が干され、七日から半月も熱海に逗留する湯治客は退屈と見えて、新参の湯治客の宗五郎らの一行を見ていた。

緩やかに下る旅籠の先に海が日没の残光に赤く濁った色合いに染まり、その海の先にぽっかりと小島が浮かんで見えた。

「箱根の山と違うら、こりゃ、魂消《たまげ》たら。あの島はなんら」

と小僧の庄太が眼の玉を大きく見開き、むく十の言葉づかいを真似《まね》てみせた。

「小僧さんよ、海上三里の沖合いに浮かぶ初島ら」

「初島か。おら、熱海が気に入ったら」

「庄太、土地の人間をからかうんじゃねえ」

と笑って注意した宗五郎が、

「幾たびか御用で熱海に来たが、なんど見てもこの景色は絶景だな」

一行の中で熱海を承知なのは宗五郎と松六だけだった。

「宗五郎さんや、私が爺様に連れられて湯治にきたのははるけくも昔の話ですよ。この景色を見た筈なのになんにも記憶していないというのはどういうことでしょうな。それだけ初々《ういうい》しく目に映ります」

と松六も感に堪えない様子だった。

しほはとみれば、熱海の最初の印象を覚え描きしようと、矢立《やた》てから筆を出し、手元に携帯している画帳に眼前の景色をさらさらと描いていた。

「おや、あの娘さんは女絵師だか」

「むく十さんよ、うちの嫁は江戸町奉行所も認める似顔絵師だ。一度見た人の顔だろうと景色だろうとたちどころに描き記すぜ。おめえなんぞの髭面《ひげづら》はすでにしほの頭に刻まれていらあ」

「お、親分、峠での話は忘れてくれ、頼むら」

「ふっふっふ、酒手を望むのも稼業のうちだ。だれが人相描きにするものか」

「今井の大旦那にも叱《しか》られるら」

と熱海峠で酒手を強請《ゆす》ったことをむく十が気にした。

「それより今井家に着けてくんな。たしかこの坂道の左手だったな」

「もう眼と鼻の先ら」

湯治宿の客が眺める中、一行が進むと、

「おーい、金座裏の親分さんじゃねえか」

と一軒の湯治宿から声をかけてきた男たちがいた。

湯治客にしてはいささか若い連中で四、五人顔を覗《のぞ》かせていた。宗五郎が見返したが知り合いではなかった。

「おめえさん方、湯治かえ」

「職人が湯治なんて贅沢《ぜいたく》があるものか、親分さん」

と一行の中で年かさの男が応じて、

「わっしら、江戸からさる大名家の熱海屋敷の普請《ふしん》に半年も前から呼ばれたものだ。普請が昨日には片付いたでな、施主《せしゅ》の計らいで今宵《こよい》一夜は湯治の真似ごとよ」

「いい施主にあたりなすったな」

「親分さん、わっしは越前堀日比谷《ひびや》町の大工銀五郎《ぎんごろう》でございますよ。親分のお顔は遠くから眺めていてよ、こっちはとくと承知だ。近頃、十代目を継ぐ政次《せいじ》さんって若い衆が金座裏の新看板で活躍していなさらあ。それで骨休みに見えられたかねえ」

と棟梁《とうりょう》と思える銀五郎が事情を二階から告げた。

「まあ、そんなところだ。おまえさん方もしっかりと熱海の湯に浸《つ》かって江戸に帰りなせえ」

と応じた宗五郎が、

「棟梁、明日、熱海を立つんだな」

「最後に施主にお礼の挨拶《あいさつ》をして熱海を離れるからよ、遅立ちだ。なんぞ金座裏に言付けがあれば、伝えるぜ」

「頼みがある。ここにおられるのは松坂屋と豊島屋のご隠居夫婦だ。元気で箱根を下り、熱海に着いたとうちに知らせてくれまいか。さすればうちの若い衆が松坂屋と豊島屋に知らせるからな」

「どうもそうじゃねえかと最前からお顔を眺めていたんだ。親分、松坂屋と豊島屋のご隠居、江戸に戻ったら真っ先によ、金座裏に元気な姿だと知らせるぜ」

「棟梁、恩にきますよ。その代わりですよ、鎌倉河岸にはご一統で夕刻に訪ねて下さいな。うちの名物の田楽《でんがく》と下《くだ》り酒を好き放題に食べて飲んでもらいますでな。そう清蔵が約束したと、倅《せがれ》か番頭《ばんとう》にいうて下されよ」

と清蔵が願い、

「江戸でお会いしましょうか」

と銀五郎親方らに別れを告げて湯治宿の間の小路に入っていった。

二

熱海郷の名の由来は海から熱い湯が湧出《ゆうしゅつ》するからという言い伝えがある。だが、建保元年（一二一三）十二月十八日、走湯山《そうとうざん》（伊豆山神社）の押領であった、

「阿多美郷」

が仁田忠常《につたただつね》によって押領され、さらには仁田氏滅亡後、当地の地頭職《じとう》が伊豆山に寄進したゆえ、阿多美が転訛《てんか》したものかもしれない。ともあれ熱海温泉のみならず伊豆半島の温泉群は火山性温泉で二五〇〇万年から一五〇〇万年前の地層と考えられる湯ケ島層群、新第三紀中新世の地層中の割れ目に溜《た》まった熱水が湧出する、

「古《いにしえ》からの湯」

であった。

「石竜熱湯を吐くが如く、湯気雲のごとく昇り、泉声雷のごとし、本朝第一の名湯なり」

と山東京山《さんとうきょうざん》がその著『熱海温泉図彙《ずい》』に表現した大湯近くに本陣を構える今井半太夫方の旅籠の玄関に宗五郎一行が三丁の駕籠と二頭の馬で乗り付けたのは、もはや暮れ六つの刻限を四半刻ほど過ぎた頃合いだ。

玄関前に篝火《かがりび》が焚《た》かれて客の到来を待ち受けていた。

「金座裏の親分さんご一行がお着きですーら!」

と男衆が気付いて叫び、番頭やら女衆がぞろぞろと姿を見せた。

「おお、むく十さんが送ってきなさったか」

「番頭さん、熱海峠から松坂屋と豊島屋のご隠居夫婦と金座裏のおかみさんを、へえ、

丁重に乗せてきましたら」

とむく十は酒手の一件があるからえらく腰が低かった。それでも番頭の壱三郎《いちさぶろう》が、

「道中何事もなかったでしょうな」

「へえ、それが」

と答えかけるむく十の言葉を宗五郎が引き取って、

「あるものか。それより熱海の講釈をあれこれとしてくれたでな、ご隠居方も時も忘れるほどの大喜びだ」

と答え、馬から松六と清蔵が下りた。

「親分がいうとおり熱海峠から楽旅させてもらいました」

と清蔵が馬の上で用意していた二朱ずつをむく十や馬方一人ひとりに渡した。

「ご隠居、帰り馬にはいささか多過ぎます」

とむく十が番頭の手前言ったが、

「熱海逗留中にまた世話になるやもしれませんでな」

と鷹揚に答え、馬方、駕籠かきから礼を述べられた清蔵が、

「熱海の湯が楽しみですよ」

と玄関に入っていった。

「ささっ、まず部屋は離れ屋に取ってございますでな、ご一統でお好きにお使い下され」

という壱三郎に案内され、今井家の離れ座敷に宗五郎の一行が通った。

宗五郎が箱根から熱海の今井半太夫方に書状で熱海到着の日にちを知らせてあったので、離れ屋の八畳と控えの三畳を中心に、松坂屋と豊島屋の隠居夫婦が泊まる床《とこ》の間付きの座敷が一室ずつ、さらに供の広吉ら三人の男衆に一部屋が空けてあった。居間代わりの八畳と三畳に宗五郎とおみつ、それにしほが寝泊まりすることが決まった。

「親分さん、主《あるじ》の半太夫は今宵いささか厄介ごとがございましてな、集《つど》いに出ておりましてな、明朝ご挨拶に伺いますで今宵は失礼しますと言い残して出かけました」

「御用繁多《はんた》の半太夫様のことだ、なんの失礼があるものか」

「親分さん、松坂屋様、豊島屋様、なにはともあれうちの湯で旅の疲れをとってくださいな」

と壱三郎に勧められた一行は、旅仕度を解くのもそこそこに今井方の大湯に向かった。

すぐ近くの大湯からわざわざ筧の湯を空気にさらして冷ましながら適温になったかけ流しの湯が滔々《とうとう》と池のような湯船に落ちていた。何百人もが一時に入れるほど大きく、男湯と女湯は入口こそ違え、混浴だった。
「広吉さん、見てよ。湯気で湯の向こう岸の女連の裸も見えないよ」
と庄太が喚《わめ》くと天井に響いた。折から、
どーん
と轟《とどろ》いた大湯の噴き上げの音に、
わあっ
と腰を抜かしたように広吉に縋《すが》った。
「こ、広吉さん、じ、地震だ」
「地震じゃねえよ、庄太。最前遠目で見た大湯の噴き上げだ。おめえが女衆の裸なんぞを見ようなんて魂胆を出すから大湯が怒りなさったんだ」
と左官の広吉に脅された庄太が、
「私は亮吉さんじゃありませんよ。ただ湯気で見えないことを言いたかっただけなんですよ」
と言い訳した。それでも主の清蔵が、
「庄太、私どもは年寄り、女を伴った湯治旅ですよ。大山詣《まい》りの帰り道に悪所を訪ねる旅とは違いますでな、忘れなさんな」

と注意した。

「ご隠居、亮吉さんと一緒にしないでくださいな」

ぼやいた庄太が、かかり湯で身を清めた。

「どぶ鼠《ねずみ》の亮吉ね、あいつがふてくされて御用をしてなきゃあいいがね」

清蔵が金座裏の手下の亮吉のことを気にした。

「清蔵様、あいつにもそろそろ大人になってもらわなきゃあね。同じむじな長屋で生まれた彦四郎《ひこしろう》や政次と違い、いささか育ちが遅うございましてね。こたびはあえて湯治行に加えませんでしたので」

「それはよい考えと旅に出たときから承知しておりました。亮吉には機敏な動きや骨身を惜しまない性分などいいところも沢山《すだくさん》ありますでな、今少し思慮深くなって十代目の政次若親分を助けてくれなきゃあ、困ります」

と湯船に浸かった清蔵が言ったものだ。

「どなたのお考えも一緒だ」

伊豆熱海から二十四里半ほど離れた江戸の鎌倉河岸の豊島屋では亮吉が一人、酒と名物の田楽を前にしてぽつねんと何事か物思いに耽《ふけ》っていた。

「亮吉さん、どうしたの」

しほの代わりに豊島屋の女衆に雇われたお菊《きく》が亮吉に尋ねた。だが、お菊の声も耳に届いていないのか、考え込んだままだ。

「話しかけても無駄だよ、お菊ちゃん。どうせ親分方の湯治に連れていってもらいたかったなんて未練たらしく考えてんだよ」

兄弟駕籠屋の弟、お喋《しゃべ》り繁三《しげぞう》が酔った勢いで喚いたが、亮吉は背を丸めて膨《ふく》らんだ懐《ふところ》に片手を入れた様子で黙りこくっていた。

「ほんとうにどうしたのよ、亮吉さん」

と真剣に案じるお菊に亮吉が、

「お菊ちゃん、お喋り駕籠屋のいうことなんぞ真にうけちゃあ、ダメだぞ。おれはよ、人はなぜこの世に生まれ、なぜ死んでいくのかという深い考えに突きあたって悩んでいるところだ。しばし思索の間を邪魔しないでくんな」

「あら、どうしてそんなことを考えなくちゃあならないの」

「お菊ちゃんにはまだ分かるめえな。お釈迦《しゃか》様とおれは同じように蓮《はす》の台《うてな》で衆生《しゅじょう》の理《ことわり》を考えているところだ」

「衆生ってなあに」

「お菊ちゃんのような民《たみ》百姓町人のことだな」

「あら、亮吉さんは違うの」

「おれか、まあ、生まれはむじな長屋だが精神の高貴さによって数多《あまた》の凡人どもとは違うな」

「凡人って私たちのこと」

「まあ、そうだ」

「亮吉さんは凡人じゃないのね」

「ああ、おれは心頭《しんとう》滅却すれば火もまた涼しの悟りの境地の人間ゆえな、何事も動じない人間よ」

「懐になにを入れているの。さっきからもそもそと動いているけど」

「お菊ちゃん、それは内緒だ」

「なによ、いえばいいでしょ。変よ、亮吉さんたら。熱でもあるんじゃないの」

二人の会話を聞いていた兄弟駕籠屋の兄貴の梅吉《うめきち》が、

「馬鹿は風邪《かぜ》ひかないというものな」

とぼそりと呟《つぶや》いた。

「なんだと、兄弟駕籠屋め、おれに喧嘩《けんか》を売ろうというのか」

と立ち上がった途端、懐から猫が顔を出して、

みゃう

と鳴いた。

「あら、菊小僧《きくこぞう》じゃない。どうしたのよ、亮吉さん」

「見つかったか。表は寒いだろ、だからよ、菊小僧を懐に入れてきたんだが、こいつがなかなかじいっとしてくれないんだ」

「なにが心頭滅却すればだ、金座裏の手先が寒いってんで、猫を懐に入れて暖めているとさ。寒々しい財布の中身が増えるわけでもあるめえしよ」

繁三が大声で喚いたとき、

「亮吉、いいのか。本石町《ほんこくちょう》の蠟燭《ろうそく》問屋三徳《さんとく》の隠居が朝から出たまま戻ってこないってんで、番頭が金座裏に助けを求めてきたんでよ、政次若親分らが三徳に走ったぜ」

と言いながらのっそりと船頭の彦四郎が豊島屋の暖簾《のれん》を潜《くぐ》って姿を見せた。

「しくじった」

と豊島屋を飛び出しかけた亮吉が、

「彦四郎、おれの酒代を立て替えておいてくんな。それにこいつを頼まあ」

懐から菊小僧を引っ張り出して彦四郎の腕に預けた。

「なんで菊小僧を懐に入れて持ち歩くんだよ」

「理由はお菊ちゃんに聞け」

と言い残した亮吉は豊島屋から飛び出していった。

「あいつ、なんだい。親分たちが湯治に行ったからって寂しいってんで、猫抱いて歩いているのか」

「違うの、寒さ凌《しの》ぎに菊小僧を懐に入れてきたんだって」

「呆《あき》れたものだぜ。金座裏の手先がよ、暑い寒いなんて御用がらいえるものか」

「彦四郎よ、どぶ鼠は悟りの境地に入ってよ、衆生だか衆情のためにどうのこうのと分からねえ、判じ物のような言葉を並べていたがよ、あいつはいくつになっても変わらねえや、ただのぐうたらだ」

と繁三が決めつけ、彦四郎が菊小僧に、

「亮吉が残した田楽を食べるか」

と聞いた。

離れ座敷に戻ると十畳間に十の膳が並んでいた。

「おっ、派手な色の魚が膳の上に躍ってらあ。ねえねえ、ご隠居、この魚、目玉が大きくて飛び出てますね、なんの魚ですか」

と煮付けされた魚に庄太が大声を上げた。

「さあて、私も初めてですよ」

と清蔵が首を捻《ひね》った。すると宗五郎が、

「庄太、ありゃ、目張《めばる》だ。なんでもカサゴの親戚筋でな、春が旬の魚よ」

と相模灘でとれた美味の魚を説明した。膳には熱海の初日というので刺身から煮付け、栄螺《さざえ》のつぼ焼きなど海の幸が並んでいた。

熱燗《あつかん》の酒が運ばれ、大きな椀に海鮮汁が供されて夕餉《ゆうげ》が始まった。

宗五郎が、

「松六様、まあ、お一つ」

と松六と清蔵の猪口《ちょこ》を満たす間に庄太が目張の煮付けに箸《はし》を入れて食し、

「こいつはすごいや。おれ、今までこんな美味《うま》いもん食ったことがねえ」

と豊島屋の奉公人ということを忘れて叫んだ。

「小僧さんや、叩《たた》き大工じゃあるまいし、なんですね、その言葉遣いは」

清蔵に叱られたが庄太もおえいもとせも膳の魚の御馳走《ごちそう》に夢中だった。

一人だけしほが膳には手を付けず、得意の筆で料理を素描し、そのかたわらに魚の色などを覚え書きしていた。

「しほさん、早く食べないと庄太の手がそっちの膳まで伸びますよ」

ととせが注意したが、

「おかみさん、江戸に残った人々に見物した景色や出会《でお》うた人の顔やご馳走の食べ物を描き残してせめて絵の上で見て頂きとうございます。もうすこしです、目障りでしょうが辛抱願いますか」

「私たちはなにも辛抱なんぞしていませんよ。温かいものは温かいうちに食べるのが魚や作ってくれた人への思いやりでしょうからね」

とおえいも口を揃《そろ》えて、

「ほんとうにどれもが美味《おい》しい魚ですよ」

と満足げな顔だった。

「どれどれ、そうおえいがいうのなら、この海の幸がてんこ盛りの汁から頂戴《ちょうだい》してみますかな」

猪口を膳においた松六がお椀の海鮮汁を一口啜《すす》って、

「おお、これは酒と合いますよ。絶品にございますぞ、清蔵さん、親分」

といいかけ、二人も松六を真似て、

「なんとも美味としかいいようがございませんな」

「汁の風味が深《ふこ》うて濃い、これなればいくらでも酒がいけそうだ。広吉、今宵は酒を許します、忠三郎さんと一緒に今井家の心づくしを賞味しなされよ」

と供の二人に言った。

「親分さん、箱根もよかったがさ、なんたって魚は熱海だね」

庄太は目張の煮付けの半身をすでに食し、海鮮汁の海老《えび》を手で摑《つか》んで口にほおばっていた。

「箱根には箱根の静けさがあって湯治場の雰囲気はあります。一方、この熱海は湯治宿が海近くに集まっているせいか、魚が新鮮で郷に活気がございますな」

松六は猪口二、三杯の酒と海鮮汁に顔が赤くなっていた。

「女衆も酒を飲んでみませんかえ。今日は無事に箱根の山を下ってきた祝いの日だ」

宗五郎がおえい、とせ、おみつの順で酒を注《つ》いだ。

「しほは好きにさせて、私どもも頂戴致しましょうかね」

とおみつの音頭で女三人が燗酒を飲んで、

「地獄極楽はあの世にあるんじゃなくてこの世にあるんでしょうね。今日は上々吉《じょうじょうきち》の極楽三昧《ざんまい》です」

とおえいの顔が笑みに崩れている。

「ほうほう、おえいは酒の味が分かりますか」

「ああたが勧めないものだから、この年まで酒の味を知らずにきました。この酒を頂戴してなんだか、損をしたような気持ちになりました」

「一杯の酒でからみ上戸《じょうご》とは驚きましたな。それにしてもカワハギの造りの美味いこと」

と松六も上機嫌だ。

「親分さん、七日の湯治が終わったらまた山に登って箱根に出るんですか」

とすでに飯茶碗を手にした庄太が聞いた。

「庄太、小田原から三島に抜けるについちゃ、二つ道があらあ。山の道はおれたちが通ってきた箱根八里の関所越えだ。だがな、この他に海沿いの道があって、小田原から早川を渡って根府川街道に入り、根府川関所のお調べがある。そのあとに江之浦、岩、吉浜と過ぎて千歳川《ちとせ》で相模の国から伊豆へと国境を越えてな、伊豆山神社を経て、この熱海に着く道だ。帰りはこの根府川街道を通って小田原に向かうゆえ、もう箱根の険しい山道に戻ることはねえ」

と答える宗五郎に、

「いえね、親分、熱海峠を前にして足が痛み始めたときにはどうしようかと思いましたよ。七日の熱海の湯で体の節々まで治しましてな、自分の足で江戸に戻りたいものです」

と松六が応じたとき、しほが膳の上の料理の素描を終え、ようやく箸を取り上げて、一口金目を食して、

「ああ、真《まこと》ですね、なんとも美味しい魚です」

「しほ、私の分も食べなさい。そのうちお腹に子が宿るんですからね、二人分の栄養をとらなければなりませんよ」

とおみつが金目の皿を差し出した。

「おっ義母さん、お腹に子を宿してもいないのに一人前だって食べきれませんよ」

としほは答えながらも、体の異変を気にしていた。

「そうかねえ、しっかりと食べないと丈夫な子が授からないよ」

とおみつが思案した。

「おみつ、しほはしほでちゃんと考えていらあな。あれこれと無理強《じ》いするんじゃねえよ」

と宗五郎がいい、

「ならば私が頂戴するかね」

とおみつが煮付けを食べ始め、宴《うたげ》はいつまでも賑やかに続いた。

三

本石町と十軒店本石町の辻に堂々たる黒漆喰《しっくい》壁の蠟燭問屋三徳親左衛門《しんざえもん》のお店《たな》があった。元禄以前に摂津《せっつ》大坂から江戸に出てきた商人で、この界隈でも老舗の一軒と呼ばれ始めていた。商いは堅実一筋で大名家や大身旗本《たいしんはたもと》や大店に得意先を持ち、

「三徳の蠟燭はもちがいい上に明るい」

と評判があった。

数年前、倅に家督と親左衛門の名を譲った六代目親左衛門は、楽生《らくしょう》を名乗り、余生を楽しむ老人だった。囲碁、盆栽、釣り、書画骨董《こっとう》集めと道楽も多く、時に吉原に馴染みを訪ねる精力家でもあった。なにしろ七年前に女房に先立たれ、独り者の上に金と時間には不自由がない身分だ。五十二歳の今を謳歌《おうか》している様子があった。

隠居楽生が板に付きはじめた近頃、急に出歩かなくなり、どことなく塞《ふさ》ぎ込む様子がみられた。

倅や嫁が、

「お父っつあん、体でも悪いんじゃないかい」

「長崎屋の出入りの桂川《かつらがわ》先生は名医と評判のお方、一度、桂川先生をお呼びしましょうか」

と口々に聞いた。

江戸参府の阿蘭陀《オランダ》医師や商館長とも付き合いがある桂川は、蘭医で御典医だ。阿蘭陀人一行の宿泊所、長崎屋と三徳は近く、親しい交わりがあった。だが、楽生は、

「体なんぞはどこも悪くはありませんよ。寒い時節、外歩きして風邪でも引いてはいかんと家の中で過ごしているだけですよ。春永《はるなが》にでもなればまた出歩きますで、案じなさるな」

というので倅も嫁も打つ手はなく、しばらく様子を見ることにした。

そんな楽生が急に出かけてくると一昨日の昼間に出かけたまま、お店に戻る様子がない。そこで番頭の文蔵《ぶんぞう》が当代の親左衛門と相談して金座裏に届けたというわけだ。

亮吉が遅まきながら、大戸を下ろした三徳の通用口から中に飛び込んだとき、政次と八百亀《やおかめ》が土間に立って、番頭の文蔵と険しい様子で話し込んでいた。

「若親分、すまねえ。遅くなっちまった」

と詫《わ》びる亮吉に、

「馬鹿野郎、御用の折はいったん金座裏に戻り、若親分に御用の筋を報告して豊島屋に出かけるがいいじゃないか」

と八百亀が叱り飛ばした。口を尖《とが》らせて抗弁しかけた亮吉に、

「八百亀、急ぎの用でもなかったんでね、報告は明日でもいいよと言った私が悪かった」

と政次が執り成し、

「こちらのご隠居さんの行方《ゆくえ》は知れましたかい」

と亮吉がだれとはなしに聞いた。

「それが皆目見当がつかないんでね、番頭さんにご隠居の部屋を見せてはくれませんかと掛け合っているところだ」

と状況を政次が説明した。

「朝の間からお戻りでないと彦四郎が言っておりましたが、ほんとにそうなんで」

と亮吉は半日お店を空けただけで、金座裏に届けが出されたことを訝《いぶか》しんで聞いた。

「だれから聞いたか、彦四郎も早飲みこみだよ。ご隠居は一昨日の昼間に出かけられてお戻りがないのだよ」

政次が松坂屋の手代時代そのままの丁寧な言葉遣いで、幼馴染みにして手先の亮吉

に応じた。

「となりゃ、吉原辺《あた》りに居続けじゃございませんので。こちらのご隠居はお若いし、なりはいいし、懐が温かいや」

首肯《しゆこう》した政次が、

「吉原に馴染みの花魁《おいらん》がいなさるというので、常丸《つねまる》たちが走ってますよ」

「しまった」

と思わず亮吉が悔しがり、八百亀に睨《にら》まれた。

「若親分、やはりご隠居の座敷をお調べになりますか」

と文蔵が話題を戻した。

「これまで無断の外泊はなかったというご隠居です。それにこの半月、特に塞ぎ込んでいたという事実、なんとなく吉原のような悪所《あくしょ》に遊んで、帰りづらくなったのとは事情が違うような気がいたしましてね」

文蔵はしばし思案し、旦那の許しを得てくると奥に消えた。

「なんぞこたびの行方知れずには曰《いわ》くがありそうかい、若親分」

「亡くなられた内儀に松坂屋時代に世話になり、ご隠居にもお目にかかっているのでお人柄はおよそ承知です。道楽も多かったし、遊び仲間にも不自由はしていなかったですが、賭場《とば》などに出入りするような、危ない連中との付き合いは見受けられなかったと覚えています。たしかに倅様に大所帯を譲られ、それまで手を出さなかった悪い遊びに引っかかったということは考えられなくもないが、やはり二晩も無断でお店を空けるのは尋常ではないね」

政次は亮吉に説明しながら三徳が早々に金座裏に届けた背景には、隠された謎《なぞ》があるような気がしてならなかった。

「若親分、お待たせ申しました。主の許しが得られましたので、ご隠居の座敷にどうぞ」

と文蔵が戻ってきて言った。だが、座敷に入るのは若親分だけにしてほしいと願った。

「致し方ありません。八百亀、亮吉、長くなるかもしれません。一旦金座裏に戻って待機していてくれませんか」

と政次が二人の手先に命じた。すぐに大きな展開があるとも思えなかったからだ。

「へえ」

と答えた八百亀と亮吉は通用戸から外に出た。

通りを空《から》っ風が吹き抜けて土埃《つちぼこり》を舞い上げていた。

「八百亀の兄い、ちょいと思い付いたことがあらあ。四半刻ばかり立ち寄ってきちゃあなるめえか」

「三徳のご隠居の一件だろうな」

「念には及ばねえ」

よし、と応じた金座裏の大番頭が、

「亮吉、若親分に気遣いをさせるようじゃあ、手先はまだ半人前だぞ。そいつを忘れるんじゃねえ」

「へえ、分かってますって」

と素直に応じた亮吉が、表通りの本石町十軒店の裏に通じる路地に姿を消した。

八百亀にしろ亮吉にしろ縄張り内でもお膝元《ひざもと》だ。どこの小路も路地も承知していた。

「独楽《こま》鼠め、頼りにしていいんだか悪いんだか、今一つ信がおけねえや」

とぼやくように呟いた八百亀は、空っ風の吹く通りを日本橋の方向に向かい、駿河町の辻で右に曲がって金座裏を目指した。

亮吉が訪ねた先は、十軒店裏の熊乃湯《くまのゆ》だ。

この界隈の裏長屋の住人やお店の奉公人が仕事の終わった後に飛び込む湯屋だ。熊乃湯はどこの湯屋よりも湯を遅くまで落とさないことで知られ、その代わりに朝風呂なしが特徴の商いの仕方だった。

「いらっしゃいー」

と間の抜けた女の声が番台からして、

「なんだ、金座裏の鼠か」

と熊乃湯の女房のおまさが言った。

餓鬼の頃からの知り合いだから言葉に飾りっけはない。

「またなんぞしくじったか。餓鬼のころ、うちの湯に浸かってさ、よく泣いていたっけ。そいつを政次や彦が慰めていたもんな。もっとも政次なんて、もう呼び捨てできない金座裏の十代目に出世だ。変わりないのは鼠だけだ」

「鼠だって立派な亮吉という名を持っているんだぜ、おまささんよ。それより車力《しゃりき》の和吉《わきち》は二階でとぐろ巻いているかえ」

「最前、湯から上がっていったから、おさんをからかっている時分だよ」

「上がるぜ」

「御用かえ。御用じゃなきゃあ、湯銭もらうよ」

「御用の筋だ、疑《うたぐ》るなら親分に掛け合いねえ」

「親分は湯治と聞いたよ、箱根や熱海に掛け合いにいけるものか」

おまさの言葉を聞き流して、二階への狭い階段を上がった。すると八畳ほどの板の間に三人ほど客がいた。板の間の片隅に小女《こおんな》のおさんが陣取り、客に茶を出したり、塩せんべいを売ったりしていたが、そのおさんの前にどてらを着込んだ和吉があぐらを掻いて、何事か談じ込んでいた。

「おい、車力、そんななりじゃ、おさんは靡《なび》かないよ」

「なんだと」

と振り向いた車力の和吉が、

「なんだ、金座裏のどぶ鼠か」

と応じて、にやにや笑った。

「てめえ、親分のお供で湯治に連れていってもらえなかったてんで、ぶうたれているそうだな」

「馬鹿野郎、おれの方から左官の広吉に譲ったんだよ」

「鎌倉河岸界隈じゃ、そんな話は伝わってねえよ」

「どうでもいいから、こっちに来て小汚い耳を貸せ」

「御用の筋か。おれはどぶ鼠にけちをつけられるようなことはしてないぜ」

と車力の和吉が言いながらも、亮吉と一緒に板の間の隅に付いてきた。

車力は大八車を引いて荷を運ぶ人夫のことだが、和吉は九段坂下に陣取り、荷を満載した大八車が通りかかると、

「親方、大八を押させてくんな」

と願って坂上まで押し上げる押し屋だ。ほんものの車力から押し賃に何文か頂戴するのが仕事で、車力の手伝いだが、なぜか車力と呼ばれていた。

「なんだ、どぶ鼠」

「おめえ、つい一月《ひとつき》ほど前、三徳の隠居がどうのこうのとおれに漏らさなかったか」

「三徳って蠟燭問屋の三徳か」

「三徳なんて奇妙な名前、他にあるか」

「御三家徳川様だって、縮めれば三徳だぜ」

「馬鹿野郎、御三家と蠟燭屋が一緒になるか」

「蠟燭問屋の隠居なら、一月半も前によ、震いつきたくなるようなたぼと歩いているところを見かけたぜ」

髱《たぼ》とは髷《まげ》で後ろに張り出した部分を差す。男髷にもたぼはないこともないが、ふつうは女を差した。

「脇寄れと髱《たぼ》には徒士《かち》もそっといい」

寄れえ寄れえ、と先触れを威張ってかける大名行列の徒士侍も妙齢の女には優しく言ったという川柳だが、かように髷とは女を差した俗語だ。

「素人《しろうと》女か、食売か」

「亮吉、おめえやおれじゃねえぞ。蔵の中に千両箱が何箱も積んである三徳の隠居だぞ、飯盛《めしも》り女を連れて歩くものか」

「蔵の中を見たのか、車力」

「あの界隈の評判だ、おれっち風情《ふぜい》が三徳の内蔵《うちぐら》に入れるものか」

「まあいいや、連れは素人女、いや、妾《めかけ》か」

「おりゃ、聖堂の坂を大八の尻《けつ》を押しながら、見かけただけだ。おめえさん、三徳の隠居のお妾さんでと聞くわけにもいくまい」

「おめえの感じでいいや、見当を聞かせろ」

「ありゃ、素人だろうな。年の頃は三十一、二、いや、三、四か。ともかく美形だがよ、顔に険があるのが玉にきずだ」

「顔に険だと、隠居の好みかねえ。隠居はどんな様子だったえ」

ううーん、としばし考えた和吉が、

「揉《も》み手《で》でよ、女におべっかを使っているみてえだったな」

「隠居がおべっかだと。旦那が往来で女のごきげんをとっているってか」

「そんな風に見えたと言っているだけだ。すれ違ったのは一瞬だもの」

「とすると旦那はそのたぼをまだ落としてねえってことか」

「そうかもしれねえな。なにしろ相手は武家奉公のお女中だ」

「なにっ、たぼは武家奉公のお女中だって、真か」

「なりからいきゃあ、大身旗本か、大名家江戸屋敷のお局《つぼね》様かねえ」

ふうーん
と亮吉は思いがけない車力の和吉の返答に唸《うな》った。素人と断定したと思ったら、こんどは武家奉公のお女中だのお局だという。今一つ信がおけなかった。

「その他に思いだすことはねえか」

再び熊乃湯の二階の天井板の雨漏りの跡を見て考えていた和吉が、

「そうだ、おれの背の後ろから隠居の声で、旦那は国表《くにおもて》からいつお戻りで、と尋ねる言葉が聞こえたな」

「女の返事はどうだったえ」

「昌平《しょうへい》坂のいちばん苦しい坂上に差し掛かってよ、隠居たちは坂下に下っていったんだもの、女の返答がどうだか聞こえるものか」

　と車力の和吉が答えると、手を差し出した。

「なんだ、この手は」

「車を押してなんぼの仕事だぜ。話し賃にいくらか寄越しねえ、どぶ鼠」

「おれの巾着《きんちゃく》にいくら入っていると思うんだ。いつだって空っ風が吹きまくっていらあ」

「違いねえ、となると話し損か」

「分かったよ。この話が役に立ったらよ、豊島屋で好き放題飲ませるってのはどうだ」

「清蔵旦那にいつもツケの催促されているじゃねえか。そんなおまえが飲ませるって約束したって、空手形だ」

「だからよ、若親分に申し上げて豊島屋に話を通しておくからよ、大船に乗った気でいねえ。ただしだ、この話が騒ぎと絡んだときのことだ」

「どぶ鼠、三徳の隠居がどうかしたのか、話を聞かせろよ」

「御用の筋だ、話せるものか」

「おれは話したぞ。都合がよくねえか」

「致し方ねえ。いいか、おれが承知なのは一昨日から隠居がいなくなったことだけだ。

車力、こんど隠居を見かけたら、なにがなんでもおれに知らせろ。豊島屋の酒に田楽をつけてやらあ」

「酒は下り酒だぜ」

「あたぼうよ」

と答えた亮吉は熊乃湯の二階からそそくさと姿を消した。


金座裏に戻ってみると吉原に走ったという常丸や伝次《でんじ》が若親分の政次と八百亀に首尾を報告しようというところだった。

亮吉は黙って座敷の隅に座った。

「若親分、三徳の隠居は京町《きょうまち》二丁目の大籬《おおまがき》伊勢《いせ》花《はな》の花蘭《からん》花魁にぞっこんでしてね、この四、五年の馴染みだそうな。一月に二度は必ず登楼したそうだがいつも昼遊びだ。倅にお店を譲ったが、夜遊びでは奉公人に示しがつかないと花魁に言い訳していたそうです。五十路《いそじ》を越えた隠居だが、あちらのほうもなかなか盛んだったそうな。へえ、花蘭からじかに聞いた話なんですがね、上がると何度もいたすそうなんで」

御用のことだ、常丸が淡々と告げ、政次も淡々と聞いた。

「ところがだ、この一月半余り、ぴたりと隠居の登楼がなくなった。花蘭は男衆に文《ふみ》を持たせて、正月も近いから一度お目もじしたいと誘ったそうだが、なしのつぶて、病で寝込んだのではねえかと案じていたところだそうな」

「この一月半、吉原に足を向けてないんだな」

と八百亀が念を押した。

「へえ、わっしらは隠居が別の楼の花魁に鞍替《くらが》えしたんじゃねえかと馴染みの茶屋にあたってみたが、やはり三徳の隠居がこの一月半大門《おおもん》を潜った形跡はないぜ」

と報告した。

政次の視線が亮吉を捉《とら》えた。

「八百亀の兄さんと別れてどこへ行ったんだい、亮吉」

「十軒店裏の熊乃湯だ」

「熊乃湯ね、だれが目当てだね」

「車力の和吉ですよ。あいつがね、どこぞで三徳の隠居と会ったと言っていたことを思い出して確かめにいったんですよ」

「なんぞ探り出したか」

「あたりか外れか、分からねえ」

と前置きした亮吉が和吉から聞き込んだ話を告げた。だれもが黙って聞いていた。

亮吉が、

「車力の記憶だと、およそ一月半前の話だそうな」

と話を締めくくった。すると即座に政次が、

「面白い話だね、車力の和吉さんに豊島屋でお礼をしないとね」

と言い、

「なにかこんどの一件とつながりがありそうかえ」

という亮吉の問いには、しばし沈思して政次は答えなかった。

四

「三徳のご隠居はたちの悪い女に引っかかったようですね」

としばしの沈黙を破った政次が一同を見廻《みまわ》した。

「車力の和吉が見たたぼかねえ」

「亮吉、今のところ決めつけはできないが、大いにその線が濃いかもしれません」

「楽生の隠居、武家奉公のお女中に入れあげましたか。車力が聞いた言葉が正しいとなれば旦那持ちの可能性もあるが」

と八百亀が言葉を途絶させ、

「国表に戻った、との言葉を考えるに直参《じきさん》旗本ではございますまい。大名家の江戸屋敷に勤めるお女中で、この旦那の意味は亭主じゃない。およそ国表に家族を残した江戸勤番の侍ということになる。お女中と家来が理《わり》ない仲になった、いわゆる江戸妻だ」

八百亀のいうように直参旗本・御家人ならば将軍家の直臣、拝領屋敷に一緒に家族も住み暮らす、これが旗本の暮らしだ。だが、大名諸家の家来は、国表に女房も家族も残して江戸参勤となる。むろん江戸屋敷に定府の陪臣もいないわけではないが、この場合、国表に戻った、という表現は相応《ふさわ》しくない。

「屋敷奉公のお局には気性の悪い女がいるからな」

と亮吉が呟き、だんご屋の三喜松《みきまつ》が、

「亮吉、そんな女と付き合いがあるか」

「兄い、話だよ。たぼなんぞと付き合いがあるものか」

と答えた亮吉が聞いた。

「若親分、ご隠居は女に呼び出されたんですね」

「ご隠居はよほど慌てたと見えて女からの文を普段着の袖《そで》に残して外出なされていた。その文だが、いつものところに金子《きんす》五百両を持参下されと書き馴れた女文字で記されてあった」

「五百両」

と亮吉が素っ頓狂な声で叫んだ。

「ああ、五百両を強請《ゆす》りとられる内容の呼び出し状だったよ。もし車力の和吉が見たたぼが文の女なら、わずか一月半ほど前からの付き合いです。その間に三徳のご隠居は女に強請られるような弱みを握られたことになる」

「若親分、楽生の隠居、金子を持参したんですかえ」

「八百亀、さすがに三徳のご隠居でもお店を倅に譲った今、おいそれと五百両は持ち出せませんよ。私が遠まわしに内蔵の鍵はお持ちでと聞くと、当代の親左衛門さんが手近においておかれて、番頭にも親父様にも貸し与えたことはないと言明されました」

「すると女のもとに手ぶらで行ったのかえ」

「亮吉、ご隠居の住まいする離れ屋には小粒一枚残されていなかった。その様子から推量するに自らの遣い料の四、五十両をかき集めて女に会いに行ったことになる。家族に聞いた話を勘案しての額だがね」

「五百両の要求に、四、五十両か、厄介なことになってなきゃあいいがね」

と八百亀が顔を顰《しか》めた。

「親左衛門さんや主立った奉公人に話を聞きましたが、武家奉公の女との付き合いを承知している者はおりませんでした。みんな、吉原の馴染みの花魁か、別の遊女あたりの呼び出しと思っていたようです」

「若親分、その文、一体全体だれが届けてきたんです」

「常丸、それです。お店が慌ただしい刻限の板の間の上がり框《がまち》にそっと置かれていたそうで、表書きは三徳楽生様と文と同じ筆跡、女文字で書かれてありました。店では吉原からの誘いの文と思い、手代に離れ屋に届けさせたそうです。その四半刻後に、着替えたご隠居は慌ただしく出ていった」

と政次の話が終わった。

「武家奉公のお女中が相手となると、どこで知り合うたか。三徳は武家屋敷とも取引きがございましょうような」

「八百亀、武家奉公の女が相手などと考えもしませんでしたからね、問い質《ただ》しもしませんでした。亮吉の話でその線が浮かんできたんです。ご隠居が姿を消して、今晩で三晩目、ことは急を要しそうだ。八百亀、もう一度三徳を訪ねてみますよ」

と政次が立ち上がり、神棚の三方《さんぽう》に置かれた金流しの十手と銀流しのなえしをちらりと見て、金流しの十手を摑み、背に差し込んだ。

「わっしも供を致しますぜ」

と八百亀が言い、

「おれも提灯持ちで付いていかあ」

と亮吉が立ち上がった。だんご屋の三喜松たちがどうしたものかという顔で政次を見た。

「むやみやたら駆け回る事件じゃない。三徳も隠したがっている一件です。遅くなったが台所で夕餉を食して、走り回るのは明朝からですよ」

と一同に言い残すと玄関に向かい、八百亀と亮吉が従った。

三徳の表戸は固く閉じられていたが、亮吉が潜り戸をどんどんと叩くとすぐに反応があって、

「ご隠居様で」

と問う声がした。

「そうじゃねえ、金座裏だ。ちょいと開けてくんな」

と亮吉が応じると臆病窓が開いて訪問者の正体を確かめた後、潜り戸が開かれた。

三人が空っ風と一緒に敷居を跨《また》ぐと、三徳では交代で不寝番を務める様子で店の板の間に布団が敷いてあり、火鉢に火も熾《おこ》っているのが行灯《あんどん》の灯りに見えた。

「遅いところ相《あい》済みませんが、親左衛門さんか番頭の文蔵さんと話がしたいのですが、お取次ぎ下さいましな」

と政次が丁寧な口調で願うと見習い番頭が奥に急ぎ消えた。が、すぐに袖なしの綿入れを着た親左衛門と番頭が姿を見せた。

「親父の行方が摑《せ》めましたか」

と親左衛門が急きこんで質し、

「いえ、そうじゃございませんが、お尋ねしたいことがございましてね」

と政次が答えると文蔵が、

「正蔵《しょうぞう》、台所にしばらく行っていなされ」

とその場から見習い番頭を去らせた。

「なんでございましょうな」

と親左衛門が言いながら八百亀と亮吉の二人を気にした。

「こちらは商売柄武家屋敷とお取引きがございましょうな」

とその眼差《まなざ》しを無視して尋ねた。

「政次さん、ご存じのようにうちは小売りと問屋を兼ねておりますでな。大名家、旗本家との取引きは多うございます」

と文蔵が答えた。

「ご隠居がそんなお屋敷の中で親しくお付き合いのあるお女中に心当たりはございませんか」

「うちの隠居と屋敷奉公のお女中ですと」

と文蔵の声が裏返り、親左衛門が政次を見ると、

「屋敷との取引きに一々主や隠居が出ることはありませんよ。うちの番頭とお屋敷の調度方が一年に二度、盆暮れ前に会って品を納め、お代を頂戴する具合でね、政次さんも松坂屋で奉公の経験を積んで、そんなことはご存じでしょうが」

と苛立《いらだ》ったように言った。

「いかにもさようです。わざわざ問い合わせをしたには理由がございましてね」

と前置きした政次は、亮吉がもたらした話を二人に聞かせた。

「それはうちの親父じゃありますまい。車力のなんとかさんが見間違えたんですよ」

と親左衛門が即座に否定し、文蔵は考え込んだ。

政次も八百亀も即座に拒絶した親左衛門に訝しいものを感じた。

「どうしてそう思われますな」

「親父が屋敷奉公のお女中と付き合いがあるだなんて考えられません。見間違いです」

と親左衛門が繰り返した。

「たしかに車力の和吉が他人の空似、見間違えたってことはございましょう」

「そうです、そうに決まってます」

「親左衛門様、この文をご覧になって下さいまし」

と政次が隠居の普段着の袖に残されていた文を出すと、二人に見せた。政次は隠居の離れ家で見つけた文を二人に内緒にしていたらしい。

「そんなものをどこで」

と言いながら文を披《ひら》いて眼を落とした親左衛門が、
ひやっ
と悲鳴を上げ、

「ば、番頭さん」

と文蔵に渡し、黙読した文蔵の顔色も変わった。

「五百両もの大金、親父はなぜその女に渡さなければならないんです」

「それはまだ分かりません。この文から分かったことは、こちらのご隠居が大金を脅される間違いを犯したか、なにか別の弱みを握られたか、また筆跡から察するに武家奉公のお女中が習わされる手跡と思われます。そこでかような刻限にお邪魔したってわけです」

「若親分は、この手跡から車力のいうことを信じなされた」

親左衛門が政次を見縊《みくび》ったように談じた。明らかに政次の手腕を認めていないような口ぶりだった。

「旦那、なにも若親分はそう決めつけたわけじゃねえ、かすかな手がかりでもそれしかなきゃあ確かめるのがわっしらの仕事だ」

と八百亀が口を挟んだ。

「それはそうでしょうが、親父がお局とかお女中と付き合うなんて、考えられませんのでね」

「ということは楽生のご隠居は、昌平坂界隈のお屋敷に出入りなされるところはねえ」

「ございません」

と親左衛門が再び言い切り、

「蠟燭商いなんて一本何文の薄利です。うちは他人様《ひとさま》に五百両もの大金を強請《ゆす》りとられる謂《いわ》れはございませんよ。金座裏の若親分、ともかくこの女をお縄にして下さいな」

「旦那、その前にご隠居様が無事にお戻りになることがなによりのことですよ」

「八百亀、うちは親父を殺すといわれても理不尽な金子、それも五百両なんて大金は払いません」

「心当たりがございますので」

「よしておくれ、心当たりなんてあるわけもございませんよ。ともかくなんとしても親父を連れ戻し、悪人ばらをお縄にして下さいな」

と親左衛門が機嫌を悪くしたように立ち上がり、

「承知しました」

と政次が返事をした。

足音高く奥に消える旦那の気配が消えるのを待って、

「旦那もご隠居のご帰宅がないことに神経を尖らせておりましてね、失礼な言動がございましたらお許し下さいな、若親分」

「文蔵さん、お気になさらないでくださいな」

と政次が笑みの顔で応じ、

「若親分、ご隠居、無事にお戻りなされますかね」

と質した。

「正直、車力の和吉さんの目撃話がただ一つの手がかりでしてね。もしなんぞ思い付くことがございましたら、話してくれませんか」

と政次が願った。

「へっ、はい」

と文蔵が答えたが、その顔にはなにか思い迷う表情が浮かんでいた。

「文蔵さん、若親分はまず第一によ、ご隠居の身を案じておられるのだ。こいつは銭金の問題じゃねえと、若親分は考えておられるんだよ」

「八百亀さん、それほど切迫した話にございますか」

「考えてもみねえ。相手はしゃあしゃあと五百両もの大金を強請《きょうせい》し、隠居が持参した金子は四、五十両だったな。この四、五十両だって立派な大金だ。だがよ、車力が見たたぼが絡んでいるとなると、このたぼ、四、五十両でおいそれと得心する玉じゃねえぜ。長年の手先の勘がそう教えているんだがね」

と八百亀が諭《さと》すように時に脅すように言ったが文蔵は胸に秘めたと思われるなにか

を打ち明けようとはしなかった。

「わっしらも手がかりがねえとなんとも動けねえ。明日から昌平坂界隈にたぼを探し歩くことになるが、時間がかかる探索になるぜ」

「厄介なことをお願い申しました」

「番頭さん、そんなことよりなんでもいいからよ、胸の中を曝《さら》け出してくれねえか」

と繰り返し粘ったが、文蔵の顔は歪《ゆが》んだだけで、

「若親分、八百亀さん、一晩待ってくれませんか。旦那様と相談して明日にも私自身が金座裏に出向きますでな」

と答えるだけだった。

「致し方ございません、いつ何刻《なんどき》でも構いません、金座裏の格子戸を叩いて下さいまし」

と政次が応じるしか策はなかった。

三徳を出たのは四つ（午後十時）前後か。そろそろと町内の木戸が閉じられる刻限だった。

亮吉が御用提灯を下げて政次と八百亀の前を照らしたが、縄張り内だ。三人して眼

を瞑《つぶ》っても歩ける道だった。

「八百亀の兄さん、未《いま》だご町内からも信頼して頂けませんか。九代目なれば隠し事を話してくれましたろうに」

と政次が呟くように言った。

「それは違いますぜ。九代目だからどう、十代目だからこうという話じゃねえ、三徳の隠し事がそれだけ深刻という話でございますよ」

八百亀の慰めの言葉に頷《うなず》いた政次が、

「亮吉、少し頭を冷やしていこうか。日本橋川の流れでも眺めていこう」

と亮吉に言い、室町《むろまち》三丁目から不意に浮世《うきよ》小路に曲がった。すでにどこも表戸を閉ざした浮世小路を突きあたると魚河岸《うおがし》を鉤《かぎ》の手に巻くように堀が伸びて、堀留《ほりどめ》にぶつかった。なにしろ朝が早い魚河岸一帯だ、むろん人影もなく寂しい。

「亮吉、提灯を八百亀に渡すんだ」

亮吉が訝しい顔でそれでも八百亀に渡した。

そのとき、数人の人影が浮世小路に雪崩《なだ》れ込んできた。

亮吉がようやく気付いたか、魚河岸の平床の蔭に身を隠した。

亮吉に代わった八百亀が今ようやく気付いたといった仕草で、

「おまえさん方は何者だえ」

と聞いた。

「御用聞きじゃな」

黒羽織の頭分が反対に尋ねた。

三徳に見張りがついていたのだ。

「いかにもお上の御用を務める者ですがね」

「怪我などしたくなくば、この一件から手を引け」

と命じた。

「この一件たあ、なんのことにございますな」

「これほど警告しても分からぬなれば、体を痛めて思い出させてもいいぞ」

「いまどき、宮芝居の大根だってそんな台詞《せりふ》は吐きませんぜ。まして、うちは金座裏に幕府開闢以来、金流しの十手が表看板の御用聞きだ。こちらにおられるのが十代目の若親分と承知で、掛け合いですかえ」

「なにっ、金座裏の宗五郎だと」

と相手の頭分が驚きの容子《ようす》を見せた。

「親分はただいま熱海の湯あたりに湯治だ」

黒羽織が顔を見合わせたが、連れの大兵《だいひょう》が、
すいっ
と前に出ると抜き打ちの構えを見せた。

「慎吾《しんご》、ぬかるな」

と頭分が鼓舞した。

政次は相手が間合いを詰めるのを見ながら、背の金流しの十手を抜いて構えた。

「赤坂田町《たまち》直心影流《じきしんかげ》神谷丈右衛門《かみやじょうえもん》先生直伝の片手正眼《せいがん》にございます」

と政次の言葉を聞いた慎吾が腰を沈めて間合いに踏み込み、一気に豪快に抜き上げ、
政次の胴を狙《ねら》った。

後《ご》の先《せん》。

政次も応じると金流しの長十手の先端を踏み込んでくる慎吾の喉元《のどもと》にのびやかにも突き出した。

一瞬の差で片手突きが決まり、慎吾は尻餅《しりもち》をつくように仲間の足元に崩れ落ち、喉を破られた激痛に転げ回った。

「お医師のもとに急ぎ運び込めば、なんとか命は助かりましょう。早々に立ち去りなされ」

政次の平静な言葉に慌てて黒羽織らが慎吾の体を抱え上げて室町の通りに走り出ていき、その後を亮吉が追っていった。

「雉《きじ》も鳴かずば撃たれまいに」

と八百亀が呟き、

「金座裏に戻りましょうかね」

と政次が応じて、金流しの十手を背に戻した。

第二話　湯と紙

一

神田川は神田上水とも呼ばれ、玉川上水とともに城下町江戸という大都市を支える上水道であった。

主水源は井ノ頭《いかしら》池に発し、多摩郡を東流して途中、善福寺川、妙正寺川の水を、さらには玉川上水の助水を合わせ、関口村の大洗堰《おおあらいぜき》に達する。ここまでの流路は、

「神田川あるいは野方《のがた》堀」

と呼ばれた。

この大洗堰で流れは二つに分かれる。

北側に分流した流れが都市の暮らしを支える神田上水である。金剛寺、牛天神《うしてんじん》の前を白堀と呼び、水戸藩邸の泉水に供給し、ここからは暗渠《あんきょ》となって水道橋の懸樋《かけひ》を通って江戸城外堀を渡り、府内の武家屋敷や町家を潤《うるお》す。

一方、大洗堰で南に流れる川は江戸川と呼ばれ、大曲《おおまがり》を経て、江戸城の外堀と合流して、東に向きを変えつつ水道橋下、昌平橋を潜《くぐ》り、柳原《やなぎわら》土手を右に見ながら柳橋で隅田川に合流した。

この江戸城外堀としての神田川は、元和《げんな》二年（一六一六）、徳川家康没後に駿府《すんぷ》から移住してきた家臣団を受け入れるために神田山（駿河台）を切り開き、南に流れていた江戸川を東流するように開削されて出来たものだ。

神田川は上水としての機能、外堀としての防衛上の機能、舟運としての機能を兼ね備えて江戸の人々に親しまれていた。

明日から師走《しわす》という日、江戸はこの冬一番の寒気に見舞われた。

大洗堰近くに住む荷船船頭の与平《よへい》は、家を出て、野方堀に留めた荷船を流れに乗せて下っていた。

この日から江戸湾の佃島《つくだじま》沖に停泊する弁才船《べざいせん》から荷を積んで横川に陸揚げする仕事を請け負ったのだ。

ひと稼ぎしなきゃあ、正月もこないやと流れに船を乗せて下る与平は、煙草《タバコ》入れから竹の煙管《キセル》を出して一服しようとした。すると昌平坂を左に見て、もくもくと濃い靄《もや》が立ち昇るその対岸の岸辺に、風が吹いて靄を一瞬吹き流した折り、黒々としたものが見えた。

再び水面《みなも》を靄が覆ったが与平は、水面に浮かんだものが仏だと見当をつけていた。

「なんまいだぶつなんまいだぶつ」

と唱えると通り過ぎようとした。だが、ふと、この寒い朝に入水《じゆすい》した人間も事情があってのことと思い直し、仏心を起こすと船を寄せた。

俯《うつぶ》せになって浮く骸《むくろ》は男で、それも年寄りと思えた。

白み始めた朝の光の中で着ている羽織も下の綿入れもなかなか凝った仕立てと思えた。

「金持ちの年寄りが病を苦に神田川に身を投げたかねえ」

と骸に船を寄せた与平は、羽織の襟《えり》を手で掴《つか》み、船に引き上げようとしたが、着ているものが水を含んだか、重くてなかなか船に引き上げられなかった。

（どうしたものか）

と思案した与平は棹《さお》の先で骸を船に寄せ、綱で結んで浅草御門界隈《かいわい》まで引っ張っていき、番屋に届けようと考えた途端、骸がくるりと仰向《あおむ》けにひっくり返り、ざんばら髪に覆われた顔が見えた。また肩から袈裟《けさ》がけに斬られた傷が白く見えた。傷口から血が流れ出て、肉が見えたせいだ。

「ひゃっ！　人殺しだ」

と思わず与平が叫んだ声を対岸で聞いた者がいた。

金座裏《きんざうら》の手先の亮吉《りようきち》だ。

亮吉は三徳《さんとく》の帰り道、若親分の政次《せいじ》らに脅しをかけようとしてしくじった武家らの後を追って、水道橋際の屋敷の裏口に姿を消したところまで見届けた。その屋敷がだれの屋敷か摑もうとしたが、なにしろ深夜の武家地だ。通りかかる人もいなかった。

そこで朝まで頑張るつもりで裏門から表門へと交互に移動しながら、寒さに震えて一夜を過ごした。

人が往来をはじめた刻限、道具箱を肩にかついだ職人にその屋敷を尋ねると、

「ああそこかえ、讃岐《さぬき》高松藩の下屋敷だぜ」

と答えを貰《もら》った。そこでいったん金座裏に戻り、政次若親分に復命しようと、昌平坂を下りかけたところで悲鳴を聞いたのだ。

亮吉は枯草を摑みながら急な土手を駆け下ると、対岸の船から上がった悲鳴の原因を突き止めようとした。

「なんまいだぶなんまいだぶ」

と題目を唱える声が水面を伝わってきた。

「おーい、父っつあん、どうしたえ」

と亮吉が叫ぶと、頬被《ほおかむ》りした船頭が振り向き、

「辻斬《つじぎ》りだ」

と叫んだ。

「なんだと、辻斬りだって。おーい、船をこっちに寄せてくんな」

と亮吉が願うと、おまえさんはだれだと船頭が聞き返してきた。

「金座裏でお上《かみ》の御用を承《うけたまわ》る金流しの宗五郎《そうごろう》の手先だ」

「なにっ、金流しの親分の手下か。おめえさんにこの仏を預けるだ」

「まずはこっちに船を寄せねえ」

亮吉がねがうと与平船頭がゆっくりと舳先《へさき》を巡らし、棹をたくみに使って神田川右岸から左岸に寄せてきた。

亮吉は船が土手にあたる前に船に飛んで乗った。

「兄さん、身軽だね」

「御用聞きの手先は尻軽身軽が身上よ」

と威張った亮吉が手で土手を押して船を流れにもどし、与平が再び対岸の骸のところに寄せていった。

「辻斬りといったな、斬られているのか」

「ああ、袈裟がけだ。よほど手練《てだ》れの侍が悪さをしたんだね」

享和期《きょうわ》ともなると試し斬りをやるなんて無茶な武士はいなかった。直参《じきさん》旗本であれ大名家の家臣であれ、武家諸法度《ぶけしょはっと》を始めとする決まり事でがんじがらめにされて、身動き取れなかった。

「仏は男だな」

「金には困ってなさそうな年寄りだ」

亮吉はそれで船頭が金目当ての辻斬りと考えたかと得心した。

船が寄せられ、仰向けに浮かぶざんばら髪の仏の顔に朝の光があたった。

亮吉は、おや、と思いながら顔に掛かった髪をどかした。

「なんてこった、三徳のご隠居だぜ」

「おめえさんの知り合いか」

「ああ、昨夜《ゆうべ》から探していたご隠居だ」

「ならば仏をおまえ様に預けよう」

「父っつあん、今日はどこで仕事だ」

「佃島から横川の船問屋に荷下ろしだ」

「今日は休みねえ」

「そんな馬鹿なことができるものか、正月が近いだよ」

「おめえの日当くらい、三徳の番頭に掛け合ってやるぜ。まあ、ここは縁があって仏と行き合ったんだ、おれの言葉に従いねえ。悪いようにはしねえよ」

と亮吉が言い聞かせると、ようやく船頭が頷《うなず》いた。

「父っつあん、名前はなんだ」

「大洗堰の与平だ」

「与平さんよ、まず船に引き上げるぜ」

亮吉と与平の二人が協力してなんとか船に運び上げた。

「どこへ連れていくだ」

「まあ、待ちねえ」

亮吉は三徳の隠居が浮かんでいた岸辺を見廻したが、三徳の隠居の持ち物や殺しの証拠になるものはなさそうだった。また土手から投げこんだ形跡も見えなかった。殺した後、上流で投げ込んだ仏が太田《おおた》姫稲荷《ひめいなり》下の岸辺の流木に引っかかって与平に発見されたと推量した。

「よし、日本橋川南茅場町《みなみかやばちょう》の大番屋に船をつけてくんな」

と命じた亮吉は船の中にあったむしろを借りると、三徳の隠居の体にかけた。

与平船頭は棹から櫓《ろ》にかえて隅田川の合流部へと急ぎ下り始めていた。

「おめえは隠居を探していると言ったが、隠居は家出でもしたかね」

「だれにも言っちゃならねえぞ。隠居は性悪《しょうわる》の女に引っかかって、呼び出されたんだよ」

「女《あま》っ子は銭こを強請《ゆす》りとろうという魂胆だな」

「まあ、そんなところだ」

亮吉は腹がぺこぺこに空《す》いたことに気付いたが御用では致し方ないと、腰の煙草入れから煙管を出した。

「父っつあん、火はあるけえ」

「足元に煙草盆があらあ。わしは尻《けつ》の穴から煙が出るほどの煙草吸いだ、火種は切らしたことがねえよ」

と答えた与平の足元から煙草盆を引き寄せた亮吉が、

「隠居が殺されたとなると三徳は大騒ぎだぜ」

と呟いた。同時にものの言い方も知らない倅《せがれ》が招いた悲劇じゃないかなどと勝手なことを考えた。

空腹を忘れようとぷかりと一服吹かした。

「三徳とはお店《たな》の名か」

「三徳を知らないか、本石町の辻にある老舗《しにせ》の蠟燭《ろうそく》問屋よ。小売りもするが得意先は武家屋敷や大店が主だ。おれっちが巣食う裏長屋なんぞには、まかり間違っても三徳の蠟燭を灯《とも》すところはねえな」

「分限者《ぶげんしゃ》は大変だな、女に引っかかって斬り殺されてよ、師走は明日からというのに寒の水で湯灌《ゆかん》だ」

「おれっちゃ父っつあんの暮らしが分相応だ。だれにも迷惑もかけず一生が終わらあ」

「兄さん、若いわりに物わかりがいいな」

「まあな」

と答えた亮吉は、

（左官の広吉《こうきち》め、のんびりと湯に浸かり、美味《うま》い魚を食っているだろうな）

と寒気厳しい神田川の川面《かわも》で思った。

半刻《はんとき》（約一時間）後、三徳の隠居の亡骸《なきがら》は南茅場町の大番屋に運ばれた。

「亮吉、朝から骸を拾ってきたか」

担ぎこまれた仏を見た番太の吾七《ごしち》が亮吉に尋ねた。

御用聞きの手先と大番屋の番太は入魂《じっこん》の間柄だ。

「そんなことはどうでもいいや、金座裏に走ってな、若親分に三徳の隠居が見つかりましたと、この様子を知らせるんだ」

「なに、この仏、蠟燭問屋の隠居か」

「そういうことだ。若親分に見たとおりを告げねえ。あとは金座裏が動かあ」

「よし」

八丁堀の同心や御用聞きの遣い走りをする吾七が応じて、手拭《てぬぐ》いで頬被りをすると飛び出していった。それからしばらくして、亮吉が股火鉢《またひばち》で冷え切った体を温めていると、政次、八百亀《やおかめ》、波太郎《なみたろう》の順で大番屋に飛び込んできた。そして、土間に置かれた三徳の隠居、楽生《らくしょう》の亡骸を見下ろした。

「嫌な感じがしていたが、ご隠居、殺されなさったか」

政次と八百亀が骸の傍に膝《ひざ》をつき、検死を始めた。

「若親分、ご隠居、いつ殺されたのかねえ」

と亮吉が聞いた。

見張っていた讃岐高松藩下屋敷の面々がご隠居を始末したとなると、亮吉は見逃したことになるからだ。

政次が仏の体の硬直具合や出血の様子を見ていたが、

「お医師の検死を受けてみないとなんとも言えないがね、素人《しろうと》の診立《みた》てでは一昼夜を過ぎていると思いますよ」

「一昼夜ねえ」

と頷く亮吉に、

「亮吉、どこで隠居の亡骸とぶっかったえ」

と政次とは骸を挟んで、濡《ぬ》れそぼった隠居の顔や持ち物を調べる八百亀が聞いた。

「八百亀の兄い、神田川の流れに浮かんでいたんだよ、昌平坂の対岸、太田姫稲荷の下あたりだ。もっともおれが見つけたんじゃねえ、あそこにいる荷船の船頭の与平さんが見つけてよ、傷を見て悲鳴を上げたところを、昌平坂を通りかかったおれが運よく聞きつけたってわけだ」

「亮吉、一晩ご苦労だったね」

と政次が亮吉を労《ねぎら》い、

「与平さん、ようも仏に情けをかけてくれましたね」

と丁寧に礼を述べた。

「若親分、与平さんは今日の仕事をふいにしたんだ。なんとか考えてくれめいか」

と亮吉が願ったところに三徳の親左衛門《しんざえもん》と番頭の文蔵《ぶんぞう》、手代らが飛び込んできた。

「お父っつあん、なんでこんな姿に」

と親左衛門が叫ぶと袈裟がけに斬られた傷口を見て、

「ああ」

と叫んだと思ったら、腰が抜けたようにその場に倒れ込もうとした。それを政次と八百亀が両脇から支えて、大番屋の板の間の上がり框《がまち》に運び、座らせた。そして、亮吉が白湯《さゆ》を注《つ》いだ茶碗を、

「旦那、気をしっかりとお持ちになって下さい」

と差し出した。その白湯を少しばかり口に含んだ親左衛門が、

「一体全体、だれが親父《おやじ》をこんな目に遭わせたんですね」

と喚《わめ》いた。

「旦那、分かっていることは、あそこにいなさる船頭の与平さんが神田川に浮かんでいるご隠居を見つけて、親切にもこちらまで届けた事実だけだ。お調べはこれからにございますよ」

と亮吉が答えると、

「親父はなんということをしでかしたもので、近所や親類縁者に顔向けできませんよ。番頭さん、ともかくこんな大番屋の土間に親父を放置しておかれるものですか。すぐにもお店に連れ帰ります」

と腹立たしげに旦那がいうと、番頭に命じた。

文蔵が政次の顔を見た。

「見てのとおり、こいつは殺しだ。ご隠居はたれぞに斬り殺されなすったんでございますよ。お役人とお医師の検死が済まないかぎり、骸をお渡しすることは出来ませんぜ」

と八百亀が答えると、

「えっ、親父をこのままにしておくというんですか」

と親左衛門が政次らの顔を睨《にら》み据えて食ってかかった。

「三徳の旦那、こいつはお上の決まりごとだ。それにご隠居を殺した人間を手繰《たぐ》る証拠をご隠居の体が教えてくれるかもしれませんのでね、しばらくこちらの大番屋に預かることになりますぜ。まあ、昼前にはお返しできましょうな」

と八百亀がかさねて願った。それでも、

「殺されたということははっきりしているんです。連れ戻ってなんの不都合があるんですよ」

親左衛門が息巻いたとき、大番屋の障子戸が開き、

「三徳、あんまり分からねえことを言うと、痛くもない肚《はら》を探られかねねいぜ」

といいながら寺坂《てらさか》毅一郎《いちろう》が小者《こもの》を従えて姿を見せた。

「これは寺坂様」

番頭の文蔵が北町奉行所定廻り同心寺坂毅一郎を見た。

三徳は寺坂の出入りのお店ではない。だが、北町奉行所の定廻り同心の寺坂は本石町でも知られていた。

「分からないこととはどういうことですね」

きいっ、となって親左衛門は寺坂までをも睨みつけた。

「番頭さん、旦那をお店にお連れしたほうがいいね、お調べが済んだらすぐにも引き渡しますからさ」

と八百亀が文蔵にいい、それを聞いた親左衛門が上がり框から立ち上がると表に出ていこうとした。

「手代さん、旦那様のお供をしなされ」

と文蔵が若い手代に命じて、手代が大番屋から後を追って飛び出していった。

「いってえ、なにがあったんだえ、若親分」

上がり框にどっかりと腰を下ろした寺坂毅一郎が政次に聞いた。

「三日前、女の文に誘い出されて以来、三徳のご隠居楽生様が戻ってこないのが発端でございましてね」

と政次が手際よく順を追って話した。

「ほう、武家奉公のたぼが絡んだ事件か。で、亮吉、迂闊《うかつ》にも直心影《じきしんかげ》流神谷《かみや》丈右衛門《じょうえもん》先生仕込みの政次若親分に追い立てられた侍らはどこへ戻っていったんだえ」

「へえ、水道橋北詰の讃岐高松藩下屋敷の裏口から若親分に痛い目に遭わされた侍を運び込みましたんで。わっしは最初その屋敷がどこの屋敷か分からないものだから、裏口と表口を行ったり来たりして見張っていたんでございますよ。だけど、怪我《けが》人を治療する医師も呼ばれなければ、三徳のご隠居を連れ出した様子もなかったんですがね」

寺坂毅一郎が政次を見た。

「ご隠居が始末されたのは少なくとも一昼夜以上も前と思えます」

その返答に頷いた寺坂が、

「番頭、三徳では高松藩松平家《まつだいら》と商いの上で関わりがあったか」

「いえ、ございません」

「たしかだな」

「間違いございません」

と文蔵が言い切り、店に戻っていった。

二

奉行所依託の医師の検死が行われた結果、殺されたのはおよそ一昼夜から一昼夜半前、神田川に投げ込まれたのは前夜のことではないかとの見解が示された。それを聞いた亮吉が、

「やっぱりおれは奴らの動きを見逃したかね」

と悔しがった。

「亮吉、その可能性はなくもない。だが、私は亮吉が高松藩下屋敷に張りつく以前に遺体の処理に困った下手人が神田川に流したか、あるいは別の場所で斬り殺したご隠居を神田川に運んで投げ落としたかと思えるんだ」

と政次が答えたものだ。

亮吉は政次の言葉を聞きながら荷船に引き上げたとき、隠居の背に草や泥が付着していたことを思い出していた。

「そうかねえ」

「亮吉、考えてもごらん、この話、高松藩下屋敷が絡んだ話とまだ決まったわけではない」

「だって高松藩の屋敷の裏口から中に消えたぜ」

「そう、一部の下屋敷の者が加担していることは大いに考えられる。だが、下屋敷全体で動いている話ではあるまい。となると、ご隠居の楽生様を屋敷に誘いこんで斬ったってことはどうもねえ、考えられない。文面にも女はいつもの場所と、落ち合う場所を指定してあったね。やはりこの場合、松平家の下屋敷からほど遠からぬ隠れ家とか水茶屋があって、ご隠居はそこで何度か出会いを重ねていたと思えるのだよ。となると屋敷とは別の場所で斬り殺されたと考えるのが自然だ」

と答える政次に定廻り同心の寺坂毅一郎も同意するように頷いた。

「若親分、そっちの線と今一つ、三徳が隠していることが結びつくかどうかだな。親左衛門はなんぞ思いあたる節《ふし》があればこそ、大番屋で強気の言葉を繰り返し、親父の骸をお店に急ぎ連れ戻そうとしたのではないか。また、番頭もそれを承知でこの際、われらに隠すことが三徳にとって決して利口な方法ではないと思っている。だから、主を説得しようとしているのではないかね」

「いかにも寺坂様の推測があたっているように思います。そこにこたびのご隠居殺しの鍵がございましょうね」

と政次も賛意を示した。

「隠居の体に残されたものは袈裟がけの傷一つだ、他に持ち物がすべて消えている。たぼ一味が身許《みもと》を分からなくするために取ったか、神田川に投げ落とされたときに懐や腰の帯から抜け落ちたか」

「寺坂の旦那、仏が引っかかっていた岸辺や土手をざっと確かめましたが、その界隈に隠居の持ち物と思えるものはなかったですぜ」

と亮吉が口を挟んだ。

「高松藩下屋敷は神田川の北詰めだったたな。仏が引っかかっていたのはどっちだ」

「太田姫稲荷下にございますから反対側にございます」

「ならばもちっと上流で投げ落とされたとは考えられないか」

寺坂の意見にその場のだれもが得心し、

「寺坂様、ご隠居を三徳に戻してようございますか」

と政次が頼んだ。

「いいだろう」

と寺坂が同意すると八百亀が、わっしが付き添いますと進み出た。

大番屋に常備してある戸板に仏が乗せられ、筵《むしろ》が掛けられて、常丸《つねまる》、亮吉、伝次《でんじ》、波太郎の四人で戸板の四隅を持ち、八百亀が従って大番屋を出た。

「与平さん、仕事にいく足を取らせましたね。三徳には事が落ち着いた頃合いに礼に行かせます」

「へえ、それはどうでもいいが、仕事の初日だ。船問屋に遅れた理由をいうていいかね」

「船問屋はどこですね」

「横川の難波屋《なにわや》だ」

と聞いた政次は、

「三喜松《みきまつ》の兄さん、与平さんに従い、横川まで行ってくれませんか」

「合点だ。御用で遅くなったことを難波屋の番頭にとくと話せばようございますね。まんざら番頭を知らないわけじゃねえ、うちの名前を出せば得心すると思いますがね」

とだんご屋の三喜松が与平に従うことにした。

「船頭さん、今日の日当くらい若親分が三徳から出させるおつもりだ、安心しなせえ」

と三喜松に言われながら与平が荷船に戻った。

寺坂毅一郎と政次が最後に大番屋を出たとき、戸板の連中はすでに見えず、与平の荷船がゆっくりと日本橋川を下っていくところだった。

四つ（午前十時）を回った刻限か。

冬の陽射《ひざ》しが江戸の町に降っていたが寒い朝だった。大番屋の天水桶《てんすいおけ》に氷が薄く張り、往来する人々の息が白く見えた。

「寺坂様、朝餉《あさげ》はまだにございましょう」

「金座裏で馳走《ちそう》になるか」

と小者を従えた寺坂が言った。

この一件、三徳の対応次第で急転する可能性があると見た寺坂は、金座裏に神輿《みこし》を据えているほうがなにかと都合がいいと考えたのだろう。

大番屋は東西に長い南茅場町の真ん中にあり、一行は河岸道《かしみち》を西に向かい、鎧《よろい》ノ渡しに出るために右に曲がった。

日本橋の人込みを避けるために八百亀らが橋より渡しを選んだと思えたからだ。すると渡し場から今しも渡し船が出ていこうとして、舳先付近に三徳の隠居の亡骸が乗せられているのが見えた。

「三途《さんず》の川の予行をなにも鎧ノ渡しですることもあるまい」

寺坂が呟いた。

政次らが隠居の骸を運ぶ渡しの一つあとに乗ったとき、対岸では渡し船から戸板が上げられ、小網《こあみ》町の河岸道に上がって行くのが見えた。

日本橋川のただ一つの渡船の鎧ノ渡しは、南茅場町と北岸の小網町二丁目を結ぶ渡しで、またの名を一文渡しと言った。利用する人の船賃が一文だったことから名づけられたが、御用の人間、武士は無料だった。

「人間いくつになっても欲はきえねえものかね」

と寺坂毅一郎が年若い政次に尋ねた。

「寺坂様はどうでございますな」

と神谷道場の兄弟弟子でもある寺坂に政次が笑いかけた。

「美味いものは食いたい、釣り竿《ざお》のいいのがほしいなんて欲を挙げたらキリがねえ。だが、およそ考え付いた欲の半分もかたちになったものはねえ。三十俵二人扶持《ぶち》の町方同心ではまず無理な話よ」

「寺坂様、失礼ながらそれが分相応、私ども並みの人間の生き方にございましょう。金と時間がふんだんにあって、矍鑠《かくしゃく》とした年寄りがまだ俗っけが抜けないというのが一番困りものですかね」

「三徳の隠居のことか」

「いいえ、そういうわけではございません。世間様にある、ごくごくふつうの話にございます」

いつの間にか渡し船は、川幅六十間《けん》を横切り、小網町河岸に着岸した。舳先が船着場に触れるか触れないか、最後まで政次に従っていた稲荷の正太《しょうた》が渡し船から飛び降りて、小網町河岸を金座裏に向かって走っていった。

金座裏の女衆に寺坂毅一郎と若親分が戻ると知らせるためだ。

寺坂と政次は肩を並べて小網町河岸から日本橋川の左岸を西に向かい、思案橋を渡って、地引《じびき》河岸に出た。

刻限が刻限だ、魚の競りは終わっていたが武家屋敷の賄頭《まかないがしら》や料理人が買い物にきて相変わらずの賑《にぎ》わいを見せていた。

「寺坂の旦那、若親分、うちの賄飯を食っていかねえか」

と本船町の伊勢松の七代目が声をかけてきた。

数多《あまた》ある魚河岸の魚屋の中でも鯛《たい》を扱っては一、二の店だ。また城中で催《もよお》される祝い膳の鯛をこの伊勢松が扱っていた。

「七代目、御用の最中《さなか》でね、またにしますよ」

「つい最前八百亀が戸板を運んでいきなさったが、あれかえ」

「そういうことです」

あちらこちらから声が掛けられる中、魚河岸を抜けて日本橋北詰めに出ると、室町筋に入り二丁目の辻で、駿河町に曲がった。さすれば金座裏がある本両替町はすぐ目の前だ。

政次が寺坂らを伴い、正太が玄関に待ち受けて、

「お浄めにございます」

とかたちばかり塩を寺坂、政次らの体に振りかけてくれた。

「ありがとうよ、稲荷の兄さん」

と相変わらず丁寧な物言いで応じて、寺坂を宗五郎がいない居間に招じ上げた。

長火鉢の猫板に菊小僧《きくこぞう》が香箱《こうばこ》をつくって寝ていた。

政次は背に差し落とした金流しの十手を三方に戻し、柏手を打った。

「やはり宗五郎親分とおみつさんのいねえ金座裏は寂しいな」

「九代目が長火鉢の前におられるのとおられないのでは、えらい違いにございますよ。何十年かかっても親分の貫禄《かんろく》は出せそうにもありません」

と政次が親分の席を空けて、長火鉢の傍らに座し、寺坂が反対側に座った。こちらは金座裏を訪ねたときの定席だ。

「ご苦労様にございます」

と女衆の手でまず熱い茶が運ばれてきて朝餉の膳が二つ続いた。

「寺坂様、若親分、貰いものの鯖《さば》の味醂《みりん》づけにございます」

とおみつとしほがいない間の台所を預かる女衆の頭分のたつがいい、

「脂の乗った鯖だな、美味そうだ」

と茶を喫した寺坂が早速箸《はし》を取った。

「親分方は、山を下りてほっとしたところだろうぜ。箱根と熱海じゃええれえ違いだ。山は雪かもしれねえが、熱海じゃ梅が咲く頃合いだ」

「湯けむりが郷《さと》を覆っているそうでございますね。私はまだ行ったことがございませんので想像するしかございません。きっとしほがこたびも旅模様を絵に描いているでしょうから、見せてくれるのを楽しみにしております」

「なにっ、若親分はまだ豆州《ずしゅう》に足を延ばしたことがないか。もっともおれも御用で二度ほど熱海に寄っただけだがな、大湯が長湧《ながわ》きする日にはそれこそ熱海じゅうが湯けむりに煙ってしまう」

「いつの日か、見てみたいもので」

と政次がいうところに玄関先がにぎやかになり、八百亀だけが居間に顔を見せた。

亮吉らは台所に直行して、遅い朝餉を食べるようだった。

「先に箸をつけましたよ」

と政次が言い、

「三徳は今日、表戸を下ろして臨時の休みにございました」

「致し方あるめえな」

と寺坂が受けた。そこへたつが八百亀の膳を運んできた。

「おたつさん、わっしも旦那と若親分のお相伴《しょうばん》かえ」

と言いながら、茶碗を取り上げて茶を口に含み、

「生き返りました。朝の間よりただ今のほうが寒うございましてね、雪でも落ちそうな天気にございますよ」

と表の変化を告げた八百亀が、

「隠居の骸を迎えた三徳はただ慌てふためくばかりでね、店先で濡れた衣服を脱がせて、乾いた着物に着せ替えて仏間まで仏を運んでいくのも一苦労にございました」

「親左衛門の様子はどうだったえ」

「寺坂の旦那、それがえらく険しい顔で親父様の亡骸を迎えましてね、一言も口を利かれませんのさ」

「やはりなんぞ隠し事がありそうだな」

「お内儀様はおろおろしているばかりだし、番頭の文蔵さん一人が湯灌の手配だ、寺と弔《とむら》いの相談だと奉公人に指図しておりましたよ」

「文蔵さんは八百亀の兄さんになんぞ申しましたか」

「わっしらが戸板を持って表に出ようとすると、旦那にはすでに話してある。早い機会に金座裏に親左衛門を出向かせますので、今しばらく猶予を願いますとの返答にございました」

政次が八百亀に頷き返すと寺坂に眼差《まなざ》しを移し、

「待つしかございませんね」

と伺うところに亮吉が口をもごもごさせながら、飯茶碗と箸を手に居間に顔を出した。

「若親分、もう一度隠居を拾った神田川まで行っていいかね。おれが見張っている間に隠居の骸を投げ落とした可能性がないじゃない、気色が悪いや」

「昨夜は一睡もしていまい、それに朝餉を食べている最中だろう。少しは落ち着いたらどうだ、亮吉」

と政次がそのことを案じながらも注意した。

「一晩寝なくったってどうってことねえよ」

「亮吉、おめえに作法を説いたところで今の今には間に合わねえ。なんぞ思い付いたことがありそうだな」

と八百亀が聞いた。

「おれと与平さんが骸を引き上げたとき、隠居の羽織がめくれ上がり、綿入れの背に枯草だの泥がついていたのを見たんだ。ありゃ、土手を滑らせて転がり落とした跡じゃねえかと思うのさ。雪が降る前ならば、ひょっとしたら神田川の土手にその跡が見つけられるんじゃないかと思ってね」

「分かった」

と許しを与えた政次が、

「まずしっかりと朝餉を食するのが先だ」

「わかったぜ、若親分」

　と立ち上がる亮吉に、

「常丸と波太郎を同道し、彦四郎《ひこしろう》に助けてもらうんだ。神田川の土手を歩いて探すより水上から猪牙《ちょき》で探したほうが楽だからね」

　と政次が言い足し、亮吉が障子を閉めて叫んだ。

「ああ、雪が散らついてきやがった」


　熱海の今井半太夫《いまいはんだゆう》方の千人風呂におみつ、おえい、とせ、それにしほの四人が身を浸していた。

　朝餉を食した後、近くの浜まで出てみた。

　両手で抱えられないほどの石の浜に相模灘《さがみなだ》の波が打ち寄せていた。浜の一角で漁《いさ》り船が獲物を下ろしていた。

　しほたちが歩み寄ると、なんとも大量の栄螺《さざえ》を海女《あま》たちが水揚げしていた。

「わたしゃ、こんな量の栄螺を見たこともないよ」

　驚きの声を上げ、しほは即座に画帳を懐から出して写生を始めた。

「おみつさん、熱海は暖かいと聞いていたが、今朝はえらく寒くないか」

とおえいが首を竦《すく》めた。むろん女たちは浴衣《ゆかた》の上に綿入れを羽織っていたが、後ろの山から吹き下ろす風が肌に沁《し》みた。

「お客人、江戸の人ら」

と栄螺を籠《かご》に入れる女衆が尋ねた。

「いかにも江戸から湯治に来ましたよ。箱根は寒いと聞いていたので雪が降ろうとなにしようと驚きもしませんでしたが、今朝の寒さには魂消《たまげ》ましたよ」

とおみつがいささか大仰《おおぎょう》に答えた。

「まあ、熱海でもこの寒さは珍しいら、浜で雪が積もることはねえ。けんど今日は雪が舞いそうら」

と女衆が答えたものだ。

しほはその場に残り、働く女衆の逞《たくま》しさを描いていたいと思ったが、おえいに風邪を引かしてもいけないと宿に引き上げることにした。

今井半太夫方の玄関に戻ると、

「えらい寒いのに浜に出られましたか」

と女中が気にかけ、

「お部屋には、うちの旦那が親分さんの知恵を借りに町役人方と伺っておりますよ。

湯治にきた人に御用なんて迷惑な話ら」

と気の毒がった。

「おえい様、部屋に戻るよりこの足で風呂場に行って冷えた体を温めませんか」

とのおみつの提案に三人の女が賛成し、千人湯に入ったところだった。

昼前の刻限、寒いとはいえ、海から射す光が湯の一角を照らし付けてきらめかせていた。

「おお、わたしゃ、生き返りましたよ。熱海の浜で凍え死ぬかと思いました」

とおえいが嘆声を上げた。

「それにしても親分は湯治に来られても土地の人から頼りにされて湯治が湯治でなくなりましたね、おっ義母さん」

しほが今井半太夫らの知恵を借りるという話を気にした。

「うちの人なら心配はないよ。わたしゃ、江戸を出るとき、箱根と熱海で半月以上も湯に浸かるだけでもつかねと案じておりましたのさ。箱根でも御用、熱海でも御用ならば、その合間に湯に浸かって退屈はしますまいよ」

と長年寄り添ってきたおみつが言い切り、両手で湯を掬《すく》って、

「極楽極楽」

と呟いた。

三

切り立った両側の土手の間の上の空を雪が舞い散り、土手の地面を覆い隠そうとしていた。雪片は水に落ちてもすぐには溶けず、しばらく白く小さな花を咲かせて、段々と透き通っていき、

ぱあっ

と水に戻った。

そんな光景が水面のあちらこちらで起こっていた。

菅笠《すげがさ》に蓑《みの》をつけた彦四郎が船頭の猪牙舟には四人の若者が乗っていた。鎌倉河岸界隈では政次若親分と彦四郎を並べて、

「関羽《かんう》と張飛《ちょうひ》」

と呼ぶほど、むじな長屋で生まれ育った二人は、六尺を超える偉丈夫《いじょうふ》だ。

政次の長軀《ちょうく》がしなやかな竹ひごの柔軟さを感じさせるのに対して、彦四郎のそれは毎日櫓や棹の扱いで鍛え上げられた鋼《はがね》の剛直だった。

「彦四郎、やっぱり隠居の骸が引っかかっていたこの辺りにはなにも残っていない

な」

蓑の丈が膝を隠しそうな亮吉は二人と同じむじな長屋生まれながら、二人に比べ一尺は背丈が低かった。その代わりに敏捷《びんしょう》さと目端《めはし》の利くところは二人の及ぶところではない。

舳先にいた兄貴分の常丸が土手を両手で突いて押し出し、

「おお、さぶいや」

というと猪牙舟は一瞬流れに乗って下るかに見えた。だが、

ぐいっ

と彦四郎が棹を差すと上流に向かってゆったりと漕ぎ上がり始めた。

対岸の昌平坂の並木も聖堂の甍《いらか》も雪が一様に白く積もり始めていた。

「彦四郎、あっち側の岸を上ってくんねえか」

と三徳の隠居を水から引き上げた一人の亮吉が命じ、

「あいよ」

と彦四郎が気軽に応じて猪牙舟を左岸側につけた。

雪は北風に流されて南側の土手に最初に降り積もっていたが、北側はまだ枯草や土が見えていた。

年若い手先の波太郎は、船宿綱定《つなさだ》の女将《おかみ》のおふじが格別に入れてくれた箱火鉢の火の番をして、

「兄い方、あたりなせえ」

と声をかけた。だが、猪牙舟に仁王立ちになった常丸も亮吉も菅笠の縁を手で上げて、眼を皿のようにして土手を見ていた。

猪牙舟はゆったりとした船足で昌平坂学問所、馬場を過ぎ、中級の直参旗本の屋敷が並ぶ坂道にかかり、雪で見えなくなろうとする上水道の懸樋の下を潜った。

「常丸兄い、この上の右奥が高松藩の下屋敷だ」

と亮吉が凍える手で差して教えた。

「亮吉、ようも一人でひと晩頑張ったな」

と常丸がそのことを褒めた。

「雪が降るはずだぜ、えらく底冷えのする寒さだったよ。だけどよ、水道橋界隈の一軒の武家屋敷に姿を消しましたなんて、間抜けな報告が若親分にできるものか。だれか通りかからないものかと表門と裏門を足踏みしながら過ごしているうちに空が白んできやがった」

と答えながら、土手に眼を凝らしていた亮吉と常丸が、

「ああ」

「ありゃ、なんだ」

と同時に叫び、彦四郎が驚きの言葉の意味を悟って猪牙舟を左岸の土手に着けた。

土手上から斜めに蛇行しながら一条の凹《へこ》んだ筋が伸びて、そこだけが辺りより雪が多く吹き溜《だ》まっていた。

「常丸兄い、隠居の骸を引きずり下ろした跡じゃねえか」

亮吉は期待を込めて言った。常丸はその問いには答えず猪牙舟が止まらない前に土手へと飛んでいた。そして、亮吉も続いた。

彦四郎と波太郎が舟を舫《もや》う間に一条の筋の左右に分かれた二人がその跡を辿《たど》りながら土手上へと上がっていった。すると土手の中腹に痩《や》せた柳の木が何本か植わり、筋はその西側に刻まれていたが、柳の根元がこんもりと盛り上がっていた。

「土が盛り上がっているのか」

と亮吉が素手を雪に突っ込むと煙草入れが姿を見せた。

「こいつは」

と言いながら、雪を払うといささか武骨な印伝《いんでん》の煙草入れで、煙管は銀細工の金がかかった道具だった。

質屋に持っていっても二分《ぶ》や一両は貸してくれそうな煙草入れを捨てる馬鹿もいまい。

「曰《いわ》くがなきゃあ、こんなところに転がっている代物じゃねえや」

この筋をつけた主の腰から抜け落ちたものだろう、と亮吉は推測した。

「高松藩下屋敷が近いとなりゃあ、こいつは間違いなく三徳の隠居のものだぜ」

と常丸も言葉を添えた。

「間違いないよ、きっと」

常丸の言葉に亮吉が応じて、懐に仕舞い、なおも上へと筋を辿った。

雪は一段と激しさを増して江戸の町を白一色に染め変える勢いになっていた。

二人は降り積もる雪をものともせず筋に指先を突っ込み、時に雪を搔《か》き分けて、土手上へとのろのろと這《は》い上がっていった。

坂道があと、数間と迫った。

登城の武家一行の行列が行き、担ぎ商いの商人が肩に担いだ荷の上に雪を積もらせて、雪道を足早に通り過ぎる光景が見えて、往来する人々が二人の行動を奇異の目で見た。

「うむ」

と常丸が声を漏らし、雪の下からなにかを摑んだ。ぼさと呼ばれる筒状の珠と一緒に紐《ひも》に通された珊瑚《さんご》玉だった。紐は途中で千切れていた。

「数珠《じゅず》の親玉かねえ」

親玉は母珠《ははだま》ともいう。

二人が今度は丹念に筋の雪を払いのけたが、それ以上のものは発見できなかった。そこで筋の左右の雪の下を探しながら、こんどは神田川へと下っていくと珊瑚の親玉が見つかった辺りで三粒の数珠が転がっていた。こちらも珊瑚だ。

「こいつも結構値のはる片手念珠じゃねえか」

本連念珠が百八珠あるのに対して片手念珠は半分の五十四珠だ。

「まあ、こいつもまた土手にうっちゃる代物じゃねえな」

常丸が数珠の雪を口で吹きながら払うと息が白く見えた。

「兄い、手がかじかんで動かねえ」

と亮吉も手に息を吹きかけて温め、

「高松藩の下屋敷の様子を覗《のぞ》いていこうか」

とそれでも探索の続行を問うた。

「いや、止《や》めておこう。屋敷の連中にけどられてもなるめえ。それより見つけたものを三徳に持ち込もうぜ」

「合点だ」

二人はさらに一段と激しくなった雪の土手を、腰を落として下っていった。

「なんぞ収穫があったか」

金座裏のお抱え船頭の感がある彦四郎が寒さに震えながら猪牙舟に飛び込んできた二人に尋ねたが、

「さ、三徳へ」

と震え声で亮吉が答え、二人して波太郎ががんがんに熾《おこ》していた箱火鉢の火に両側からへばりついて凍えた手を翳《かざ》した。

「い、いてえや。こ、この寒さはなんだえ、御用聞きの、て、手先の敵だぜ」

と亮吉が言いながら、どうにか人心地ついたか両手を頻《しき》りに揉《も》んだ。

「ふうっ、ようやく指先まで血が通い始めたぜ」

と常丸が言い、

「亮吉、手柄だ。ぎりぎりに間に合ったものな。寒さの中、出てきた甲斐《かい》があったというものだ」

「兄い、まだ見つけた物が三徳の隠居のものと決まったわけじゃねえや」

「いいや、おれの勘は、煙草入れは間違いなく三徳の隠居の持ち物だな、凝った造りじゃねえか」

「ならば片手念珠はどうだ」

「そっちはなんとも見当がつかねえ。ちぼ（すり）なんぞが他人様《ひとさま》の懐を狙《ねら》おうとして抗《あらが》われ、手にしていた数珠を奪いとったはいいが、争いの最中に糸が切れて、ちぼの手に大きな親玉と数珠がいくつか渡った。縁起が悪いてんで、土手上から投げ捨てていったものかもしれねえ」

と常丸が大胆にも推量したものだ。

彦四郎の猪牙舟が大川右岸に流れ込む入堀に架かる川口橋を潜ったのは昼前の刻限だ。雪はもはや半丁（約五十五メートル）先の視界を閉ざして降り続いていた。

この堀は大名屋敷の間を抜けると難波町河岸で右岸は町家に代わり、旧吉原から古着屋が雲集する富沢町、旅籠《はたご》がひしめく小伝馬町三丁目と馬喰《ばくろ》町一丁目の間に架かる土橋を潜り、その先で鉤《かぎ》の手に曲がって、牢屋敷裏を過ぎて、彦四郎の船宿綱定が店を構える龍閑《りゅうかん》橋に至る。そのため鉤の手に曲がった堀を土地の人は龍閑川と呼ぶ。

だが、猪牙舟は龍閑橋の三つ手前の今川橋際で止まった。

「彦四郎、助かったぜ」

「亮吉、三徳の隠居につながる証拠の品だといいな」

と応じた彦四郎が、

「ここで待つかえ、それとも龍閑橋に戻っていようか」

「ご町内に戻ってきたんだ。彦四郎も綱定に戻ってよ、股火鉢で体を温めねえ」

「亮吉じゃねえよ。こちとらは客商売だ、こんな日は意外と舟の御用が多いんだよ。きっと客が何人も待っているぜ」

と答えた彦四郎の猪牙舟が次の乞食《こじき》橋に向かって雪の中に消えていった。

今川橋から蠟燭問屋三徳が店を構える本石町と十軒店本石町の辻まで二丁ほどしかない。

通りにはすでに二寸ほど雪が降り積もり、行きかう人も傘をすぼめて前屈《まえかが》みで歩いていた。

蠟燭問屋三徳は通用戸も閉じられて、表戸に、

「本日、臨時休業致し候《そうろう》」

の張り紙が貼《は》ってあった。

波太郎が通用戸を叩くと、

「本日お店は休みにございます」

の声が中からした。

「客じゃないんで、わっしら金座裏の者だ」

と答える波太郎の声に通用戸がようやく開けられた。

三人は三徳の軒下で笠と蓑を脱ぎ、雪を払い落とすと敷居を跨いだ。

板の間に手代らが手持ち無沙汰《ぶさた》にいた。

「旦那か、番頭さんに会いたいんだがね」

と亮吉が笠の下にしていた頰被りを脱ごうとすると番頭の文蔵が奥から姿を見せて、

「雪が降っているのは分かっているが、大仰ななりだね」

と三人の手先を見た。

「旦那、ご在宅で」

「今、檀家寺《だんかでら》に弔いの手配に行っておりますよ」

「ならば番頭さんに見てもらいたいものがある」

と亮吉が神田川の土手で拾った煙草入れを出して見せた。

「なんですね、いきなり煙草入れなんて」

と受け取った文蔵が遣い込んだ印伝の煙草入れを見ていたが、

「これをどうしろと」

「ご隠居さんの持ち物じゃございませんので」

「違いますな」

と文蔵が言下に否定した。

「隠居はお道具はお洒落《しゃれ》でしてな。この前、お出かけになったときもこんな野暮《やぼ》ったい印伝ではございませんでしたよ。たしか古渡更紗《こわたりさらさ》に赤銅《しゃくどう》・金・四分《しぶ》一象嵌《いちぞうがん》で達磨《だるま》の彫り金具、緒〆はとんぼ玉。煙管も赤銅・四分一・銀三色の縞《しま》象嵌、千喜利形の上物にございました」

と立ちどころにすらすらと答えた。

「なんだ、むだ骨か」

「おまえさん方、この煙草入れをどこで拾いなさった」

「隠居が浮かんでいたところよりちょいと上流の土手だ」

「この雪の中、土手を這いずり回りなされたか」

文蔵はちょっぴりだけ気の毒にという顔をした。

「それがわっしらの務めよ。どこで隠居が殺され、どこから神田川に投げ込まれたか、調べる狙いであそこに戻ったんだがな」

「それで見当は付きましたので」

「水道橋の下流、水戸様のお屋敷のある土手に人を運んだような筋が刻まれてまして ね、なんとか雪の下に隠れる前に見つけたんだが、煙草入れは違うということか」

亮吉がいささか気抜けしたように肩を落とし、常丸が手拭いに包んで袖《そで》に入れてきた親玉と数珠を文蔵の前に見せた。

「こ、これをど、どこで」

「同じ土手だ。どうやらこっちは見覚えがありそうですね」

と常丸が文蔵に問うた。

「うちの隠居はいつも左の手首に珊瑚の親玉がついた片手念珠をしておられるので。これを外すときは湯に入るときくらいでね」

「やっぱり、兄い、隠居はあの土手を引きずられて神田川に投げ込まれたんだぜ。そいつが流れに乗って下流に下り、対岸の太田姫稲荷下の流木に引っかかって止まった」

「そういうことだ」

と応じた常丸が、

「番頭さん、ほんとうにこちらは高松藩松平様と縁がないのかえ。おれたちがこの珊瑚の親玉と数珠を見つけたのは高松藩下屋敷近くだぜ」

と聞いた。

「ございません。ですが」

と言いかけた文蔵が再び口を閉ざした。周りでは手代ら奉公人が聞き耳を立てていた。

「いいだろう。わっしら手先に話せねえというのなら、若親分か寺坂の旦那がこちらに出向くまでだ。そうなると三徳の番頭さん、却《かえ》って厄介が大きくなるんじゃございませんか」

と常丸がさらに説得を試みた。

だが、文蔵は膝に拳《こぶし》を置いて、ぎゅっと綿入れの裾を摑んだまま黙して思案していた。しばらく沈思を続けた後、

「必ず寺からお戻りの旦那様とご相談申し上げます。うちではまず隠居の弔いを滞《とどこお》りなく済ませるというのが旦那のお考えにございましてな、奉公人は従うだけにございますよ」

と文蔵が答え、常丸も亮吉もいったん三徳を引き上げることにした。

金座裏に戻ると昼の刻限で手先たちが台所で煮込みうどんを食していた。それを横

目に三人は居間に通った。するとそこには若親分の政次だけがいて、何事か思案していた。

「寒かったろう、ご苦労だったね」

と政次が労い、

「温かい煮込みが出来ています、先に食して体を温めるかい」

と御用から戻った手先三人に聞いた。

「若親分、先に話を聞いておくんなせえ」

と常丸が言い、政次が頷くと長火鉢の鉄瓶を取り上げ、自ら茶を淹《い》れようとした。

慌てた波太郎が、わっしが、と言うのを制し、

「話は茶を淹れながらでも聞けます。常丸、話しておくれ」

と茶を淹れることを止めなかった。

亮吉が黙って長火鉢の上に煙草入れと珊瑚の親玉と数珠玉三つを載せた。

「水道橋下の北側の土手で二つとも見つけたものにございます」

「よくも雪の下に隠れていませんでしたね」

「亮吉の判断が間に合いました。三徳の隠居を土手から神田川へと引きずり下ろした跡が完全に消える前に枯草の上についた凹みを見つけましてね、その窪《くぼ》みの筋を丹念

にたどっていくとこいつに出くわしたというわけです」

「常丸、亮吉、波太郎、お手柄です」

「いえ、若親分、わっしは舟で火の番をしていただけなんで」

と波太郎が正直に答えて顔を下に向けた。

「なにも大勢が現場に入ればいいというものでもない。寒さに震える兄貴分の体を温める火の番も立派な御用ですよ」

「へえ」

と波太郎が答え、

「若親分、三徳に立ち寄ってきたところだ。この煙草入れは隠居の持ち物ではございませんでしたよ。だが、珊瑚玉飾りの数珠はご隠居がいつも手首に巻いていなさる片手念珠だったぜ」

「探索は亮吉が一晩徹夜してくれたおかげで大いに進みましたな」

と台所から八百亀が姿を見せた。

煮込みうどんを食しながら話は聞いていたと見える。

「それにしてもお屋敷近くの土手から隠居の骸を神田川に投げ落とすなんて浅はかなんだか、なんなんだか」

「八百亀の兄い、番頭の文蔵さんが数珠を見たときのよ、驚きの顔たるや、三徳の隠居と高松藩がなんらかの関わりがあることをはっきりと物語っていたぜ」

と亮吉が言い、

「番頭さんには都合がこれ以上悪くなる前に金座裏に相談にこいと念押ししておきましたがね、どうやら親左衛門さんが止めている気配でした」

「そんなこと最初から分かっていらあな。で、親左衛門の旦那には会えたか」

「檀家寺に弔いの相談に行っているとか、ともかく弔いを滞りなく済ませるのが先だと言うんですよ」

と常丸が答え、

「八百亀、まあ、ご隠居は弔いを待つ身です。たれぞの命が狙われているというわけではなし、ここは三徳がなんぞ言うてくるのを待ちましょうか」

と政次がいうと常丸らに淹れたての茶を供した。

四

今井半太夫方に七日間の湯治をなす金座裏の宗五郎がこの日、二度目の湯に広吉らと浸かって離れ屋に戻ると番頭の壱三郎《いちさぶろう》が待ち受けていた。

「のんびりと湯治をなさっている親分さんにいささか恐縮でございますが、主《あるじ》の半太夫が相談があるというのですが、ちょいとお時間を頂戴できませんか」

「昨日わっしらがこちらに着いたとき、半太夫様が出かけておられた一件ですかね」

「はい、さようにございます」

と壱三郎が険しい顔で言った。

「半太夫様はどちらにおられますな」

「近くの湯戸組合の小屋におりますが、そちらまでご足労願いたいので」

話を聞いていたおみつが、

「湯ざめをしないように綿入れを羽織の下に着ていくといいよ」

と江戸から広吉の荷に入れて運んできていた袖無を出した。

「袖無を着るようになっちゃあ御用聞きも終わりだが江戸ではなし、許してもらおうか」

と自らを得心させた宗五郎が旅に携帯した短十手を海老茶《えびちゃ》の布に包み、懐に仕舞い、おみつが羽織を背から着せかけた。

「親分、わっしもお供致しますか」

と左官の広吉が聞いた。

「そうだな、御用の見当がつかねえや。おめえはこちらでぶらぶらしてねえ。なあに庄太《しょうた》らと出かけたっていいぜ。どうせ行くところたって浜くらいだろう。出るときゃ、おみつに行く先だけは必ず伝えるんだ」

と命じた宗五郎が壱三郎の案内で今井方の表玄関から外に出た。

春の陽射しのような光が降り、そのせいか湯治客がどこよりも早いという早咲きの熱海桜と梅が一緒に咲くのが見られるとか、糸川の土手をそぞろ歩いていた。

「おみつが袖無を着せてくれたが、これじゃ邪魔になるだけだ」

と呟く宗五郎に、

「いえ、お役に立つかもしれません」

と壱三郎がなにかを予測したように言った。

「大旦那の用事とはなんだえ、壱三郎さんは承知かえ」

と聞いてみた。

二人は湯治宿の建ち並ぶ糸川沿いにでると坂の上へと曲がった。

「詳しい話は聞かされておりませんが、およそ何が起こったかは小耳にはさんでおります。親分さん、熱海で雁皮紙《がんぴし》を造り出し、江戸に売り出そうと湯戸組合二十七戸で出資し、うちの旦那方を中心に企《くわだ》てがなされたのは三年も前のことにございました」

「ほう、熱海で雁皮紙造りな、半太夫様方はあれこれと新しい試みを考えられますな」

「大湯の維持にも御汲湯《おくみゆ》献上にもそれなりの金子《きんす》が掛かります。湯戸で頭割りにしても負担が重いと申される方々がおられましてな、そこで最初は海で上がる鯵《あじ》の干物を造り、湯治客に買ってもらおうかという話が出たのでございますが、こっちは浜の人々が昔からやってきた商い、湯戸が手を出すのはいささか差し障《さわ》りがあるというので、あれこれと考えた結果、熱海の南斜面の山に生える雁皮の繊維を利用して紙漉《かみす》きをしようじゃないかと話が決まりましてな、二年半前から作業場を山に設けまして、紙造りを始めましたので。ええ、その発案は、伊豆山神社の原口宮司《はらぐちぐうじ》さんと聞いております」

と、ここまで話を壱三郎がしたところで大湯の間歇泉《かんけつせん》の前に二人は差しかかった。

間歇泉の周りには噴き上げを見物にきた湯治客が二、三十人集まっていて、地中からはごうごうと地鳴りのような音が響いていた。

壱三郎は湯前《ゆぜん》神社の石段を上がって小さな拝殿前で拝礼し、宗五郎も湯治旅が恙無《つつがな》く済みますようになにがしの銭を賽銭《さいせん》箱に投げ入れて、柏手を打った。

大湯の湯戸組合は湯前神社の敷地の裏手にあるようで、壱三郎が神社を回って宗五郎を案内していった。すると平屋建ての縁側が開け放されて、陽射しが差し込むところに五人の旦那衆がいて、けわしい顔の額を集めて、睨みあっていた。その一人はしかめ面《つら》で頭には包帯を巻いていた。

「旦那方、金座裏の親分をお連れ致しました」

壱三郎の声に集まりの旦那衆が一斉に顔を向けて、中の一人が立ちあがり、

「親分さん、お久しゅうございます」

と挨拶しながら、急いで縁側に出てきた。

「昨日はお迎えも致さず申し訳ございませんでした。その上、湯治の親分に厄介事の相談まで厚かましく持ちかけまして、お許し下さい」

「大旦那、こっとらは年寄りを連れての湯治旅、すでに箱根でひと回りの湯三昧《ざんまい》ですよ。熱海の湯が箱根と違うのは承知だが、少々湯づかれしたところでね、退屈していたところです。わっしがお役に立つかどうか、お話を伺いましょうかな」

と磊落《らいらく》な口調で応じると半太夫が宗五郎を湯戸組合の小屋に招じ上げ、

「旦那方、私はこれで」

と役目を果たした壱三郎が湯戸組合から姿を消した。するとそのとき、

どどーん

と大湯が噴き上がり、

わあっ

という歓声が沸いて、噴き上がった湯の飛沫《しぶき》が見物の人々の上に降りかかったか、

きゃっきゃ

と騒ぐ声が聞こえてきた。

だが、湯元の旦那衆はだれも驚く風もなく、半太夫が宗五郎を一同に紹介した。宗五郎は半太夫を省く四人のうちの二人の顔に覚えがあった。渡辺彦左衛門《わたなべひこざえもん》と中屋金右衛門《なかやきんえもん》の二人だ。

宗五郎は一統に会釈をしたが旦那衆の中には一人ふたり、

「なぜ江戸の御用聞きを立ち入らせるのか」

とあからさまに考えている者もいた。

「厄介事が起こったそうで」

と宗五郎が一統の真ん中にある雁皮紙を見た。

雁皮は、沈丁花《じんちょうげ》に似た落葉の低木で背丈はせいぜい六尺ほど、この樹皮を叩いて繊維を取り出し、紙造りの原料にした。

三椏《みつまた》の繊維で作られた紙も同様に雁皮紙とよぶほど、紙の中でも最上質とされ、湿

度や虫害に強いうえに、光沢があって美しく、

「紙の中の紙」

と呼ばれて珍重され、上質に漉かれた雁皮紙は高値で取引きされた。

「うちの番頭からなんぞ話は聞かれましたかな、親分」

「へえ、湯戸組合が雁皮紙造りに乗り出したという話を聞いただけにございますよ。えらいことを思い付かれましたな」

「いえね、伊豆山神社の宮司さんに神社に伝わる『室町和歌集』の雁皮紙はいつまでも光沢を失わず、気品があるとお聞きしましてな、私が和歌集を拝見に行ったのがきっかけでしてな、その場に鎌倉にお住まいの歌人の阿佐科《あさか》桃苑《とうえん》様がおられて、伊豆山から熱海にかけての山にも自生しておると教えられました。

この雁皮、栽培が難しい木にございましてな、豆州に多く自生しているうえに、箱根から湧きだす清水があるのだから、この界隈で紙造りができたら、特産品になりましょうと話されました。足りないのは紙漉き職人だけだと聞き、ひょっとしたら、うちで出来ないものかと考え、ここにおられる渡辺の旦那方に相談申し上げたのですよ。まあ、うちも大湯の保存には金もかかる、それに御汲湯献上は名誉なことですが、こちらも費《つい》えがかかります。なんとか他に収入はないものかと考えた折のことです。旦

那方と話し合い、雁皮紙造りに乗り出したのでございますよ」

「それが旦那方の前にあるものですな」

と宗五郎が応じると半太夫が一帖《じょう》四十八枚入りの、

「豆州熱海産」

と紙帯に麗々しく書かれた紙を宗五郎に渡した。

宗五郎が知る雁皮紙よりもきめが細かく、光沢があって美しかった。

「ここまで漉かれるには苦労をなされたことでしょうな」

「話を聞いて二年は他の土地から紙漉き職人を熱海に連れてきて、あれこれと試みました。雁皮は近くの山に入ればいくらも見つかりましたでな、さほど苦労はございませんでした。山から流れる谷川の傍らに紙漉き小屋を建て、紙漉きを始めてみると、水が合わなかったりして紙に艶《つや》がでませぬ。ようやく去年の暮れに試作の熱海雁皮紙が出来ましてな、江戸の紙問屋に持ち込んでみましたが、こちらでもいささか注文が付きました。それを一つずつ改善して、今年の春先に江戸で売り出すと評判になりました」

「そいつは知らなかった」

「親分さんがご存じないのは当然にございます。最初の出荷は量が少なく、好事家《こうずか》がすぐに買い占めたそうな」

「上々吉の滑り出しにございますな」

「親分、紙漉きはうまくいった、江戸での紙問屋にもうけがよかった。そこで本式に紙造りをして、三千帖の熱海雁皮紙を江戸に船で送り込みましたので」

「船で運ばれましたか」

「雁皮紙は湿気に強うございますしな、潮が被《かぶ》らぬように厳重に油紙で梱包《こんぽう》して海が穏やかな日に船を出しましたで、無事に江戸に到着して、船に同乗していった弓屋久造《ゆみやきゅうぞう》さんが頭分で江戸に行かれ、前金の百五十両を懐に、帰りは東海道で小田原から根府川道で熱海に戻る道中のことです。三日前、江之浦の峠に差し掛かったところで、いきなり不逞《ふてい》の連中に襲われ、弓屋が頭に怪我を負って、懐の百五十両を盗まれた」

と半太夫がようやく厄介事に辿りついて話を終えた。

弓屋久造とは包帯をした男で今井半太夫らより着ているものなど質素だった。

「江之浦は小田原領内ですので、後日根府川関所にも届けを出しました。お役人方もあれこれと探索はなされましたが未《いま》だ捕まってはおりませぬ」

「もはや百五十両の回収は諦《あきら》めておりますのじゃ、親分」

顔見知りの渡辺彦左衛門が言い添えた。

「旦那方、わっしになにをせよと申されますか」

「いえ、百五十両を盗まれたのは偶然のことと思うておりました。ところが怪我を負わされ、江之浦に残って治療を受けていた弓屋が昨日の朝、熱海に船で戻ってきましてな、言い出したので」

と半太夫が頭に包帯を巻いた弓屋に視線を向けた。

「旦那方、わしに話をせよと言われますか。話すと未だずきずき頭が痛むら。だいいちなんどもお役人には話しましたら、今井の大旦那」

と暗い目付きで応じる弓屋は、口調から考えても今井半太夫らより家格も身分も一段低い湯戸組合の一員らしいと宗五郎にも推測がついた。

「弓屋、こればかりはおまえ様の口から親分に申し上げるのが間違いがないでな、私たちの口を通すと襲われた様子がやはり違うかと思う」

と半太夫が諫《いさ》めるように願った。

「ならばもういちどだけいうら」

膝の前に出ていた茶碗をとると弓屋は舌を潤した。

「親分、わしと供の八助《やすけ》が根府川の関所を越えて江之浦の峠に差しかかったとき、日がすでに山の端にかかってよ、わしが八助に提灯に灯りを命じようかと考えたとき、峠から下り道に差しかかっておったら。あの界隈には家はないでな、次の家で火を借りようと考えたときら、笠をかぶり、顔を手拭いで覆った連中がいきなり、右手の石垣の橙《だいだい》の木の陰から飛び降りてきて、わっしと八助にこん棒で殴りかかったら。八助は海側の土手に転がり逃れてら、難を逃れましたら。でもよ、わしは背に負うた道中嚢《どうちゅうのう》の中の百五十両を守ろうと必死で岩村の方角へ坂道を走り逃げましたもんでよ。えらい目に遭《お》うたら」

「殴られなすった」

「へえ。山道で慌てたわしが足をもつらせたとき、後ろから、がつんとまず肩口を叩かれてよ、前のめりにつんのめったら。それでも立ち上がろうとしたときよ、道中嚢を摑まれてよ、わしも必死で胸前の紐を握っていたら、そしたら、こんどは頭をごーんと殴られて気を失ったら」

弓屋久造は頭がずきずきするという割にはしっかりと早口で襲われた状況を宗五郎に告げた。

旦那方は何度も話を聞き返したと見えて、煙管で煙草を吸う者や茶を啜《すす》る者がいた。

「えらい災難に遭われましたな」

と弓屋を宗五郎が労《いた》わると新屋《しんや》九太夫《きゅうだゆう》が、

「百五十両もの大金を懐にして、なぜ人里離れた寂しい根府川道の峠を日暮れ時に差しかかるか、私にはそれが分かりませんよ」

と吐き捨てた。

「新屋の旦那、わしもなにも好き好んで夕暮れに峠に差しかかったわけじゃねえら。一刻も早く百五十両を旦那方にお渡しして、喜ぶ顔がみたいと急いだら。それをそうなんども責められちゃあ、わしの立場がないら。頭に怪我を負わされてら、文句たら、まるでわしが金をくすねたようじゃないら」

「だれがそんなことを言いました。大金を持った道中です、日中に距離を稼ぎ、七つ(午後四時)になったら、それが小田原でも泊まる。なぜ次の日、熱海に戻ろうとしなかったか、その不用心を言っているのです」

「私は湯戸二十七戸を抜けさせてもらいますら」

「まあまあ、九太夫さんも弓屋も落ち着きなされ」

と今井半太夫が二人を執り成し、宗五郎を見た。

「親分、これからが肝心な話でございますよ」

「ほう、まだございますので」

とこんどは宗五郎が弓屋を見た。

ふうっ
と大きな息を吐いた弓屋久造が、

「気を失ったのがどれほどの時間か、頭がずきずきして意識が戻りかけたとき、声が遠くから聞こえてきたら。始末するか、と追いはぎが言う声がしてたら、わしは肝《きも》をつぶしたら。そしたら、別の声が久造を殺すのは厄介だ、それに金が江戸から運ばれてくるのはこれからが本式、今日のところは百五十両でしんぼうしんぼうと答えたら。その声に聞き覚えがあるようなないような、この数日、どうも胸の中がすっきりしねえら」

と答えたものだ。

「弓屋さん、追いはぎが知り合いかもしれぬと言われますので」

「親分、二本差しの顔なんぞ見てないら、夕闇で笠をかぶり、手拭いで顔を覆っていたら」

「なに、襲った連中は武士と言われるか」

「へえ」

と弓屋久造が答え、

「親分、つらつら考えたら、ありゃ、侍を装《よそお》った連中ら」

と言い切った。

「どうしてそう思われますな」

「道中袴《ばかま》の穿《は》き方も刀の差し方もありゃ、ほんものの侍じゃねえらよ。一瞬しか見ねえが腰が落ちていたり、刀の差し方が奇妙だったら」

「おもしろうございますね」

「金座裏の親分さん、熱海にはたしかに江戸の大名家や大身旗本の別邸がございますがな、武家の姿がないわけじゃない。ですが、どうして雁皮紙の代金が運ばれてくるか、承知していたのはおかしい」

「今井の旦那、土地の人間と申されるので」

「そうとでも考えないと弓屋久造さんの名まで承知して、また金子が運ばれるのが一回だけではないことも知っている様子、これは余所者《よそもの》が知る筈《はず》もない」

と半太夫が答え、

「半太夫様、だから、私は弓屋が気を失い、意識を取り戻すときに聞いたという話が真《まこと》かどうかを訝《いぶか》しんでおりますのじゃ」

と新屋九太夫が傲然《ごうぜん》と言い切った。

「九太夫の旦那、わしが嘘《うそ》をついておるというか、わしが百五十両を猫ばばしたというか」

「あとであれこれと考えるうちにそんな話を聞いたんじゃないかと思い込むこともあろう」

「もう、我慢がならねえ」

と弓屋久造が立ちあがりかけた。

まあまあ、と再び今井半太夫が宥《なだ》め、宗五郎が、

「まあ、この宗五郎が湯治の合間になんぞ工夫をしてみましょうかえ」

「江戸の親分さん、湯治の合間に探索ができますので」

と中屋金右衛門が宗五郎の言葉に疑いをもったように言った。

「中屋さん、おまえ様も宗五郎親分を知らないわけではございますまい。金座裏の親分といえば江戸で一番の親分さん、いや、それどころか家光様お許しの金流しの十手を代々の将軍様にもお披露目する家系、日本一の親分さんですよ。まあ、ここは宗五郎親分にお任せしませぬか」

と一座に願い、

「宗五郎親分、仲間の非礼はお詫《わ》びします。じゃが、これまで熱海雁皮紙に湯戸二十七戸がつぎ込んできた金子は半端じゃございません。だれもがこの紙造りに期待をし

ているものですからな、最初の入金から躓《つまず》いたことにいささか落ち着きを失っておるのです」

とことんどは宗五郎に半太夫が詫びた。

「ご一統のお気持ちはとくと分かりました。わっしに任せてくれませんか」

と宗五郎も言うほかはない。不承不承一統が頷き、最後に、

「弓屋さんと一緒に襲われた八助は、どうしておりますな」

と半太夫に聞いた。

「八助はなんとか難を逃れて、紙漉き場で働いております」

「ならば半太夫様、その紙漉き場に宗五郎を案内してはくれますまいか。雁皮紙がどうしてできるか、見ておきとうございますでな」

「いいですとも」

と半太夫が首肯《しゅこう》し、

「今日のところは解散致しましょうかな。いいですか、九太夫さん、弓屋、仲間同士が角突《つの》き合わせていがみあってもなんの益にはなりません。長年大湯をお守りしてきた二十七戸です。これからも手を携《たずさ》えて一緒に歩いていきましょうぞ」

と一統を説得し、四人が一様にがくがくと頷いた。

第三話　偽侍の怪

一

熱海から根府川道を小田原へと一里ばかり戻ると、伊豆山の集落に辿《たど》りつく。眼下に相模灘《さがみなだ》の静かな海を見ながら二人の男が根府川道を肩を並べて歩いていた。

今井《いまい》半太夫《はんだゆう》と金座裏《きんざうら》の宗五郎《そうごろう》だ。

「寒の最中に山道を歩かせまして恐縮にございますな」

「半太夫の旦那、熱海では寒の最中かもしれないが、江戸では春の陽気ですぜ。なによりこの明るくて軽やかな光がちがう。気持ちが洗われるような陽射《ひざ》しで橙《だいだい》の実が緑の中に映えて、極楽浄土とはこんなところではなかろうかと最前から考えながら歩いておりました」

「この見慣れた景色が極楽浄土ですと、大仰《おおぎょう》ではございませんか、親分さん」

と半太夫が首を捻《ひね》った。

「海の幸山の幸に恵まれた上にふんだんに湧《わ》く名湯があって、光まで燦々《さんさん》とふりそそいでいる。見渡せば梅の花が咲いて、山の斜面に水仙の花が集《つど》い群れている。これを極楽浄土と呼ばずしてなんと言いなさるか。住み慣れた土地の人には、意外と天から授かった恵みが見えないのかもしれませんな」

と宗五郎が言うと半太夫がしばらく無言で歩いていたが、

「金座裏の親分さん、大いにそうかもしれません。その結果が仲間同士がいがみあうようなみっともない姿を晒《さら》すようなことになったのです」

と嘆いた。

「半太夫様、弓屋久造が江之浦で襲われたという話、信じてようございましょうな」

と宗五郎が尋ねた。

「親分さんは疑っておられるので」

「いえ、そうではございません。半太夫様の考えを聞きたくてこうして二人だけの折に忌憚《きたん》なく問うておるのです。これもわっしらが踏む探索の手順と思うてくだされ」

宗五郎の返答に頷《うなず》いた半太夫が、

「弓屋は湯戸二十七戸の中で下から数えたほうがいいくらい小さな湯治宿を糸川沿いで経営しておりましてな、近郷近在からの常連の客が先祖からしっかりとついていて、悪い噂《うわさ》はありません。むろん湯銭はどこの湯治宿に変わりなく一廻り《ひとまわ》（七日間）二百文、この値は宿が大きかろうと小さかろうと変わりございません。ところが、江戸の客とこの近郷の湯治客では宿に落とす銭の高が違います。なにしろ弓屋は食べ物から薪《まき》まで担いでの湯治客だが、うちになると三度三度膳にございますでな、お酒も下《くだ》り酒を召し上がる。それだけに稼ぎも利も違います。ですが、なにも熱海は江戸の分限《ぶげん》者《しゃ》だけの湯治場ではございません。元々が秋の収穫が終わって骨休めにくる百姓衆や漁師衆の湯治場でもございます。ために弓屋のような宿も要《い》るのでございますよ」

「いかにもさようでございましょうな」

「親分さん、弓屋はあれで若い頃、江戸に出稼ぎにいった経験がございましてな、御《お》汲湯《くみゆ》献上にも毎たび船に乗っており、江戸をとくと知っております。そんなわけでこたびの雁皮紙《がんぴし》商いも差配を命じたのです。初荷と一緒に船で江戸入りし、最後まで江戸に残って次の商いの打ち合わせを済ませ、前渡し金を貰《もら》う役目まで負うておりました。追剝《おいはぎ》にあったなどという村芝居の役者めいたことができる人間ではございません」

半太夫の説明に宗五郎が大きく首肯した。

「半太夫様、私が一緒に江戸から戻ってきた八助《やすけ》に会いたいと思うたのは、弓屋さんとは別の目でな、百五十両の強奪騒ぎを見てみたいと思うたからですよ、他意はございませんのさ」

宗五郎の重ねての返答に半太夫が首肯し、話柄を転じた。

「新屋九太夫《しんやきゅうだゆう》さんがいささか興奮してこたびのことを弓屋の失態が如《ごと》く言い募《つの》りなさるのは、理由がございます。もっともこれは私の考えですがな」

と半太夫が断った。

「ほう、理由とはなんでございましょうな」

「新屋さんの内所《ないしょ》がいささか苦しゅうございましてな、九太夫さんは雁皮紙商いにだれよりも期待しているのでございますよ」

「湯戸二十七戸の中でも大旦那格の一人、新屋さんの内所がね。なんぞ商いでしくじられましたかな」

「倅《せがれ》の小助《こすけ》さんがいささか遊び人でございましてね、小田原で悪い連中と付き合いがございまして、博奕《ばくち》でかなりの借財を賭場《とば》で負いました。今から三、四年前のことですが、新屋では小田原の連中に脅されて、湯戸の株を取り上げられそうになったことがございます。湯戸は大湯付近の二十七戸の嫡子《ちゃくし》世襲が決まり事、また湯株を売り買いなどご法度《はっと》にございます。そこで私どもが伊豆代官所に訴えて、小田原と掛け合いました。むろん相手も小助さんが書いた証文を持っておりますからな、なかなか引き下がらない。結局は借財の半値で折り合いました」

「新屋は半値を支払いましたか」

「いえ、その金子《きんす》を新屋をはぶく二十六戸が間口《まぐち》に合わせて応分の金を出し合い、新屋の湯戸株を守った経緯がございました。それをきっかけに倅の小助さんが立ち直り、親父《おやじ》様の手伝いをするようになって、少しずつですが借金を湯戸組合に返しております」

「借金はまだ残っておりますかえ」

「三割ほど返されたで残りは百七十両ほどでしょうか。完済するには七、八年は地道に商いに精を出すしかございますまい」

と半太夫が答えたとき、根府川道の小さな峠に差し掛かり、正面に伊豆山権現《ごんげん》の森が見えて、そこからも湯けむりが立ち昇っていた。

『走湯山縁起』によれば、応神二年、神鏡が相模国の「唐浜」に流れつき、松葉仙人が日金山《ひがねさん》に祀《まつ》ったところ、神鏡は温泉を湧出《ゆうしゅつ》して衆生《しゅじょう》を救うために到来したと告げ、これが走湯権現に伝承されたとされる。ゆえに伊豆山権現は走湯権現と呼ばれていたそうな。

祭神は火牟須比命《ほむすびのみこと》を主神として、伊邪那伎命《いざなぎのみこと》、伊邪那美命《いざなみのみこと》を脇神とする。『走湯山縁起』が伝えるように古《いにしえ》は日金山の頂きに祀られていたが、後年、頂きの下に新宮を建て、こちらを、

「中の本宮」

と称し、山頂の社《やしろ》を、

「上の本宮」

と分けて呼ぶようになった。さらに後年、伊豆山の里に中の本宮を移して、この時より走湯権現、伊豆山権現と呼ばれるようになった。

この伊豆山権現が広く世に知られるようになったきっかけは、源頼朝《みなもとのよりとも》が尊信したことであった。頼朝が鎌倉に幕府を開くと、箱根神社とともに、

「二所《にしょ》権現」

としてたびたび参詣《さんけい》に訪れ、社殿造営、奉幣を行い、社領寄進などがあって、伊豆山権現は威勢を増して、武家の守り神として定着していった。

今井半太夫と宗五郎は伊豆山権現の石段を上がり、社殿に深々と拝礼し、宗五郎は小粒を賽銭《さいせん》箱に投げ入れた。

「これから山に入りますでな、とはいえ二、三丁ほどにございますよ」

という半太夫に導かれて、走湯が湧出する傍らを抜けて伊豆山権現の森の中に続く杣道《そまみち》を登った。だが、二丁（約二百十八メートル）もいくと山の斜面から谷へとさらに細い道が下っており、せせらぎの音が響いてきた。

谷間《たにあい》に紙漉《かみす》き場の屋根が見えて、雁皮の木肌を剝ぎ取っている作男《さくおとこ》がいた。

「あれが弓屋に同道しておった八助にございますよ」

「八助は弓屋の奉公人ではないのですな」

「いえ、湯戸二十七戸から給金が出ておりますで、弓屋の奉公人といえなくもございませんが、八助にとって弓屋は主《あるじ》の一人に過ぎません。普段は雁皮の切り出しが主な仕事です」

と答えたとき、二人は紙漉き場に足を踏み入れていた。

八助が半太夫らの到来に気付いて、顔を上げた。

三十六、七か。がっちりとした足腰をして、日頃の山歩きが窺《うかが》えた。

「今井の大旦那様、いい日和《ひより》ですら」

「いい天気ですな。変わりはないかね」

「変わりはねえが、江之浦の一件が胸につっかえてら、どうもすっきりしねえら。わしが弓屋の旦那を助ければよかったかね。咄嗟《とっさ》に道から飛び降りて逃げてしまっただ」

「それは致し方ないことです。おまえさんがいればこそ、頭を殴られた弓屋を岩村まで運び下ろし、あの程度の怪我《けが》で済んだのですからな」

と半太夫が八助に言い、

「こちらは江戸の御用聞きでな、うちとは古い付き合いなのですよ。昨日、湯治に見えたでな、一件を相談申し上げたら、快く探索を引き受けてもらいましてな、おまえさんに話を聞きにきたところです」

「江戸の親分さん」

「金座裏の九代目宗五郎親分さんですよ」

「なんと金流しの十手《じって》の親分かね」

「ほう、おれの名を承知かね」

と宗五郎が思いがけない場所で金流しの言葉を聞いて口を挟んだ。

「江戸にいるときよ、上方《かみがた》から江戸に忍び込んだ浪速疾風《なにわはやて》の酒江貞政《しゅこうさだまさ》一味を若親分が大捕物で見事捕まえたとか、読売で読んだら」

「おれの跡継ぎどのよ」

と宗五郎は伊豆山で金座裏の手柄を聞いて嬉《うれ》しくなって胸を張った。

「お父っつあんが熱海に湯治にきても、金座裏は万々歳ら」

「若い連中がしっかりとしているでな、爺《じい》様はこうして熱海に湯治だ、なんとも有難いこった」

「いい倅を持たれたら」

八助に愛想を言われた宗五郎はますます相好《そうごう》を崩し、日向《ひなた》にあった切株に半太夫が腰を下ろして煙草《タバコ》入れを腰から抜き出したのを見て、宗五郎もその隣に座った。

「八助さん、おめえは追剝が襲いかかったとき、咄嗟に海側に飛び降りて逃げたと言いなさったが、その後のことはなにも見てねえのかえ」

「代官所の役人にもしつこく聞かれただ。わっしは逃げるのに精一杯でよ、浜まで駆け降りる勢いで逃げたら」

「なにも見てねえか」

八助が首を激しく横に振った。

「浜まで駆け下ったか」

「いいんや、弓屋の旦那が背に大金を持っておるのを急に思い出したら。それでよ、山の斜面から江之浦の峠の東側に回り込むようにして根府川街道に戻ろうとしたら、それでよ、暗い中、山の斜面を這《は》い上がり、弓屋の旦那が往還に倒れていなさるところに戻ったら」

「一味の姿はあったかえ」

「いいんや、人っこ一人いねえ気配ら、旦那だけが頭を振っているのがうすぼんやりと見えたら」

「弓屋は意識を取り戻しかけていたのだな」

「そんな按配《あんばい》ら。そんでわしが投げ捨てた小田原提灯《ちょうちん》によ、火打石《ひうちいし》で難儀してら、火を灯《とも》したら。灯《あか》りでら、旦那の頭に大きなこぶができていたら。そんで、わしが手拭《てぬぐ》いを湧水に濡《ぬ》らしてよ、旦那の殴られたこぶに載せたら」

「弓屋はなにか答えたか」

「八助、やられた、と呟《つぶや》かれたら。わしは金を盗まれたかと尋ねたら、湯戸の皆になんといえばいいら、と涙をぼろぼろこぼされたら」

「それでどうしたな」

「歩けるかと尋ねたら、そしたら、わしの肩に縋《すが》ればなんとか岩村まで行けそうだと言うら、そんでわしが提灯を片手にため息ばかり吐《つ》く弓屋の旦那に肩を貸してら、岩村まで下りただ」

と、もさもさとした口調ながら淀《よど》みなく八助が答えた。

代官所の地役人から何度も調べられたからだろう。

宗五郎は煙草入れから煙管《キセル》を抜き出すと、愛用の煙管に国分《こくぶ》を詰めて半太夫から火を借りうけて一服吸った。

「八助、おまえが追剝が襲いきたと知って逃げ出し、また現場に戻ってきた間の刻限はどれほどだ」

「精々四半刻《しはんとき》(約三十分)ほどら」

「四半刻な」

「へっ、へい」

「八助、伊豆代官所の地役人は騙《だま》せてもこの金座裏の宗五郎の眼は騙せねえぜ。おめえが追剝から逃げるのを止《や》めたのは現場から精々半丁ほど下の斜面じゃねえのかえ。もはや辺りは提灯がいるほど薄闇《うすやみ》だ。おっかけてこないと直《す》ぐに分かって足を止めたろう、どうだ」

と宗五郎に睨《にら》まれた八助の日に焼けた顔が青白く変わった。

「親分、そうかもしれねえ、浜近くまで下ってねえら」

「おめえが足を止めたところから弓屋が襲われた往還が見えたか」

「いいんや、見えねえら。でも、気配はあったがよ、声は聞こえねえら」

「八助、奴らが退《ひ》き上げるのは分かったな」

八助ががくがくと頷《うなず》いた。

「それでどうしたえ」

「弓屋の旦那のところによ、戻ったら」

「待ちねえ。追剥一味は往還を岩村に下ったか、上って小田原方面に逃げたか、どうだ」

「わしは弓屋の旦那のことが気になってら」

「もう二度とは言わねえ。いいか、お上《かみ》から金流しの十手を預かって甲羅《こうら》を経るほどに悪人ばらをとっ捕まえてきた宗五郎だぜ。八助、おめえ、一味を追いかけはしなかったかえ」

宗五郎が煙管の先をぐいっと八助に突き出した。

「お、親分、見ていただか」

「見ちゃいねえが、おめえの話には辻褄《つじつま》が合わねえところがあるのよ。こいつが長年の御用聞きの勘というやつだ。話しねえな」

「わしがよ、往還に這い上がろうとしたとき、半丁先で提灯の灯りが灯ったら」

「一味だな」

「へえ、そんで顔だけでも見てみようと灯りを目指してたら、斜面を走ったら。わしが一味に追いついたのは江之浦の峠ら」

「弓屋は、追剝は侍といったが、そうか」

「へえ、侍のなりら。だけんどよ、四人は峠下のら、破れかけた納屋に入ってたら、着替えをした気配があったら」

「ほう、おもしろいな」

「おもしろくねえら。いきなりぎゃっという声が響いてたら、静かになったら」

「ほう、それでどうしたな」

「出てきたのは二人だけら、二人は着流しの裾《すそ》をからげて下に股引《ももひき》を穿《は》いてよ、一人は長脇差《ながわきざし》を差してら、もう一人は懐に片手を突っ込んで、片手に匕首《あいくち》を下げて辺りを見回したら。わしは金玉が縮み上がるほど怖かったら」

「どちらが灯りを持っていたえ」

八助はしばらく考えていたが、

「長脇差の男ら」

「どちらが頭分に見えたな」

「匕首ら、頰《ほお》が殺《そ》げてよ、なんとも凄《すご》みのある顔だら」

「二人はなにか言葉を交わしたかえ」

「懐手《ふところで》しながら、分け前は人数が少ないほうがいいや、と呟くと二人してにやりと笑い合ったら。わしは小便ちびらしただ」

「それだけか」

八助が首を横に振った。

「次のつなぎはいつくるかねえ、と頭分がいうと手にしていた匕首を懐から白木の鞘《さや》を出して入れたら。そんで小田原の方角に下っていったら」

「それでどうしたえ」

「わしは体の震えがしばらく止まらねえでよ、ゆっくりと弓屋の旦那のいなさる往還へと下っていったら」

「納屋の中に入らなかったか」

「入れるものか」

「もはや話すことはねえかえ、八助」

「ねえ、ねえら」

「八助、二人の人相を覚えているな」

「忘れるものか、あいつの顔が夜な夜な夢にあらわれるら」

宗五郎が切株の端に煙管を軽く打ちつけて灰を落とした。

「驚きました」

と半太夫が言った。

「八助ばかりじゃございせんよ、人というもの、怖いもの見たさがございましてね、かような行動をしばしば起こすものでございましてね。今井の旦那様、江之浦に行きましょうかね」

「峠下の破れ納屋にございますか」

と半太夫が怯《おび》えた顔をした。

へえ、答えた宗五郎が、

「八助、案内しねえ」

と命じ、

「今井の大旦那様、仕事はどうするら」

「今は金座裏の親分さんの命《めい》に従うのが私どもの仕事です」

と言い切り、八助が紙漉き小屋に入っていった。

「半太夫様、どうやら湯戸二十七戸に関わりの者がこの話には一枚噛《か》んでおりますぜ」

「つなぎがくるという言葉はその意味にございますな」

「まずそんな見当かと存じます」

「何百両の金子と三年もの歳月をかけた雁皮紙造り、仲間の中に手引きする者がいるとしたら、許せるものじゃありません」

と半太夫が言い切ったとき、菅笠《すげがさ》を被《かぶ》り、猪皮の袖《そで》なしを着込んで、腰に山刀を差し落とした八助が再び姿を見せた。

二

伊豆山から根府川往還を北に向かうと豆州と相州の国境に至る。門川《もんがわ》の流れを木橋で渡り、相模国土肥《どい》門川村へと入る。その先の村はずれの舟入からいったん相模灘の景色に別れて、山道に移り、滝の入、細山、石名坂と百姓家が一、二軒寄りそうような寂しい集落を抜けて、小田原藩大久保領内へと入った。さらに赤沢、八貫山を通り過ぎて、弓屋と八助が偽侍四人に襲われたという江之浦の峠下にさしかかった。

「ここいら辺りら」

と八助が足を止めたのは根府川往還が右に左にくねる一角で、山側は高さ三尺（約九十センチ）ほどの石垣で、その上は段々畑で橙の木が植えられて黄色に色付いた橙が光を浴びていた。

里で八貫山、小山王と呼ばれる二つの集落の中ほどだった。

「奴らは橙の木蔭に隠れていたら」

と八助が曖昧《あいまい》にその辺りを差した。

「弓屋の旦那が山側を歩き、わしが海側を少しばかり先を歩いていたら。ふいに旦那が悲鳴を上げてら、わしがちらりと振り見たら抜身が見えたら、びっくらこいてら、海側に飛び降りて咄嗟に逃げただよ。この斜面を半丁も駆け下ったら」

とこんどは急崖を覗《のぞ》き込んだ。

宗五郎が往還下を見ると八助の草鞋《わらじ》の跡がくっきりと残っていた。

「八助、金子を奪って逃げる四人が灯りを灯したのはどのあたりだ」

「二丁ほど江之浦にいった方角だ」

と八助が再び歩み出し、しばらく行くと、

「この界隈《かいわい》ら」

と答えた。

宗五郎が襲われた現場を振り向くと根府川往還が山側に曲がっているせいで見えなかった。だが、八助が逃げた海側の斜面は望めた。

江之浦の峠の左右の土手には梅が咲き、白い花を可憐《かれん》に咲かせた水仙の群落があった。

「偽侍が立ち寄った破れ小屋とはどこだえ」

「峠を越えた右手ら」

峠上から海に突き出した岬の向こう側に歩いていった。

根府川往還が小田原城下へと曲がり下りるところに二本の老桜が蕾《つぼみ》をつけて立っていた。そのかたわらから突き出た峠へ杣道がのびて、八助がそちらへと案内していった。

根府川往還から十数間と離れていないところに壊れかけた作事小屋が雑木《ぞうき》に囲まれ、隠れるようにあった。

「八助、おめえはこの小屋に足を踏み入れなかったんだな」

「わしがこの辺りにいたときら、ぎゃっという悲鳴が聞こえたら。猪の叫び声より大きなくらいでら、わしは縮み上がったら」

八助が往還の路傍を足で差した。

宗五郎は頷くと小屋に向かった。従ってきたのは半太夫だけで、八助は往還下から動こうとはしなかった。

伸び放題の雑木林の間から西に傾いた日が差し込み、作事小屋に使われていたと思える廃屋を照らし付けていた。

宗五郎は馴染みの臭《にお》いを嗅《か》いだ。

「今井の大旦那、小屋には入らないほうがいいかもしれませんぜ」

「親分、たれぞ潜んでおりますかな」

「いえ、もう悪さは出来ますまい。仲間に刺殺されておりましょうからな」

と宗五郎が答えると半太夫が愕然《がくぜん》と足を止めた。

八助の証言を聞いた半太夫だが、この小屋に死体があるとは考えもしなかったようだ。

「まだ骸《むくろ》がございますので」

「八助が黙っていたせいで、未《いま》だ残っていましょうな。血塗《ちまみ》れの骸なんぞ見たくはございますまい」

半太夫が首を激しく振って八助が佇《たたず》むところへ戻っていった。

宗五郎が小屋に入ると土間と板の間が半々の造りで、板の間の床は半《なか》ば抜けかけていた。死臭は床下から漂ってきた。

宗五郎は土間でじかに焚《た》かれた火の跡を見た。

弓屋一行が峠に差し掛かるのを待ち受け、寒さを凌《しの》ぐために燃やした焚火の跡だった。宗五郎は燃え残った焚火近くの半ば燃えた紙くずを目に留め、拾って懐に仕舞った。

用心しながら板の間に上がると、根太《ねだ》も床も腐りかけ、宗五郎がそろりと足を下ろすと半寸ほど沈んだ。

板の間の真ん中にぽっかりと床が抜けた穴が口を開け、宗五郎が覗き込むと宮芝居の衣裳《いしょう》か、古着屋で買い求めたか、よれよれの袴《はかま》や羽織や竹光《たけみつ》の刀と思《おぼ》しき扮装の道具が床下に投げ入れられていて、その間から二人の顔の一部が見え隠れしていた。

金子を奪う手伝いをさせられて、あっさりと始末されたのだ。苦悶《くもん》の表情のまま、あの世に旅立った二人は、流れ者の渡世人か、そんな荒《すさ》んだ顔付きだった。

宗五郎はいったん作事小屋を出ると根府川往還に戻った。

「骸がありましたか」

半太夫の問いに頷いた宗五郎が、

「八助、根府川の関所にこのことを知らせてきねえ」

と命じた。

「お、親分さん、わし、叱《しか》られめえか」

と八助はそのことを案じた。

「大事なことを話さなかったのだ、叱られような」

「わし、牢につながれるか」

「その心配はあるめえよ。まあ、この金座裏の宗五郎がなんとか関所のお役人に掛け合おうじゃないか。まあ、黙っておれの命に従え」

と宗五郎がいうと、がくがくと頷いた八助が峠下の根府川関所に走っていった。

「野郎ども、関所とはさほど離れていない江之浦でひでえことをしのけたものでございますね」

「親分さん、弓屋を襲い、金を強奪して仲間まで始末した二人、もはや遠くへ逃げ延びておりましょうな」

「案外この界隈にしれっとした面《つら》で潜んでおりましょうよ」

「まさか、熱海の人間と申されますので」

「いえ、熱海の者ではございますまい。百五十両がどれほど残っているか知りませんが、いくらかは戻ってくるかもしれませんぜ」

宗五郎がそう推測して半太夫に請け合ったが、半太夫は信じていないのか、なにも答えなかった。

二人の視界に峠下から八助に案内されて根府川関所の役人数人が走ってくるのが見えた。

真っ暗になった根府川往還の土肥門川村から門川を越えて、伊豆山に向かう三人があった。

根府川関所の役人に借り受けた小田原提灯を八助が持ち、ひたひたと進んでいく。

骸を見つけた事情が事情だ、小田原藩大久保家が管理する根府川関所の役人に八助はこっぴどく叱られたが、宗五郎の執り成しでそれ以上のことはなく、半太夫らと一緒に熱海に戻ることが許された。

江之浦の峠下の廃屋で見つかった骸は、三日前、弓屋と八助を襲った四人組、偽侍の一味の二人と関所役人も得心した。

その後の探索は小田原藩の町奉行所に引き継がれることになった。そのため、八助は一度、小田原まで出頭することが命じられ、宗五郎が従うと約束したので小田原藩に連れていかれるのを許されたのだった。

「今井の大旦那、わし、気色が悪いら」

八助が言い、路傍でげえげえと吐き始めた。

壊れかけた作事小屋から骸の運び出しの手伝いを命じられた八助は、江之浦でも吐いていた。

致し方なく半太夫と宗五郎は八助が吐き終わるのを待った。

「なにも出ねえだよ」

と言いながらも少しは気分がよくなったか、

「今井の大旦那、この次の江戸行でも起こるら」

と怯えた声で漏らした。

「そう、幾たびも繰り返されては湯戸二十七戸が共倒れになります。なんとしても熱海の雁皮紙を江戸で広めて、せめて注《つ》ぎこんだ元手は取り戻さないことにはな」

と半太夫の声も真剣だ。

「親分、目途《めど》が立ちましたか」

「今井の大旦那、どのような探索もそう簡単にはいきませんよ、まあ、およその絵図面は頭に浮かんでおりますでな。今晩、熱海に戻り、湯に浸からせてもらえば、最後に欠けた謎も浮かんでくるかもしれませんな」

と答える宗五郎の言葉には目星がついたという安堵《あんど》感があった。

が、半太夫も八助もそれに気付くほど余裕はなかった。

「今井の大旦那、わしは雁皮紙の作事小屋に戻っていいらか」

と八助が言い出したのは、伊豆山権現の森が行く手に黒々と見分けられるようになった頃合いだ。

海からは波の音が響き、空には星が煌《きら》めいていた。

「八助、おめえは今晩熱海に一緒に来ねえ。ちょいとひと仕事残ってるでな」

「なに、まだなにかあるら」

「まあ、おめえの記憶がどれほどのものか、試してみようじゃねえか」

と宗五郎が答えて、伊豆山権現の鳥居の前で三人は足を止め、拝礼した。

伊豆山から熱海まで指呼《しこ》の間《かん》だ。

熱海の湯けむりが月明かりに浮かぶ最後の峠に差し掛かったとき、往還上の竹林が揺れて、何事か話し合う声がかすかに聞こえ、落ち葉の斜面を踏んで、六、七人の男たちが姿を見せた。

破れ笠を被り、その下には面《おもて》を隠すために頬被りをして、腰に長脇差を差し落としている者もいた。着流しの男は懐に匕首でも呑《の》んでいるのか、半身に構えて右手を襟《えり》に突っ込んでいた。

「江戸の御用聞きとはおめえのことだな」

と一行の兄貴分が聞いた。

その声を聞いても八助はなんの反応もしなかった。ただ提灯を持つ八助の手が震えて灯りが揺れた。

宗五郎は江之浦で仲間二人を刺殺した男らではないなと見当をつけた。

「いかにも金座裏の宗五郎はおれのことだが、なんぞ用かえ」

「余所者《よそもの》が熱海のことに首を突っ込むんじゃねえら」

と別の男が言った。

「おいおい、それで脅しをかけているつもりかえ。野良猫一匹、驚きもしめえ。兄さん方、頬被りなんぞしねえで、面を今井半太夫の大旦那に晒さねえかえ」

と宗五郎が言うと、

「おまえさん方、だれに頼まれなさった。もし熱海の人間に頼まれているのなら、この今井半太夫が承知はしませんよ」

と半太夫も口を添えた。熱海に戻ってきて半太夫も気持ちに余裕が戻ったらしい。

「大旦那、大人しくしていねえ、おめえさんには怪我はさせないからよ」

と流れ者と思える兄貴分がいった。

宗五郎は竹林の闇に潜む者を見ていた。むろん真っ暗闇で姿は見えなかったが、熱海に百五十両強奪の一味がいることを教えていた。

「てめえの方からお迎えにお出ましとは念の入ったことだな」

と嘯《うそぶ》く宗五郎が羽織の紐《ひも》を解いて脱ぐと、素手の右手が背に回った。

「死ね」

と叫んだ兄貴分が懐から匕首を閃《ひらめ》かせて宗五郎に突っかけてきた。

左手に持たれていた羽織が兄貴分の前に閃き、しゃにむに突進してきた相手の視界を閉ざすと、背の帯から抜いた短十手が襲撃者の額目がけて振り下ろされた。

がつん
と音が響いて、くねくねと体をくねらせた兄貴分が地べたに転がった。

「やったら」

仲間が長脇差を抜くと宗五郎に斬りかかってきた。

腰が浮いた姿勢で手にした長脇差を大きく振り回す相手方の内懐に飛び込んだ宗五郎が短十手の先で一人の男の鳩尾《みぞおち》を突き、右手の二人目の手首を叩《たた》き、三人目の鬢《びん》を殴りつけた。

一瞬の早業に三人が倒され、兄貴分が気を失っていた。

竹林に立っているのは三人だけだ。

「どうするな、兄さん方」

宗五郎の問いに逃げかけた三人を、

「待ちねえ」

と鋭い声で制すると足が止まった。

「なにもちんぴらのおめえらに捕り縄をかけようなんて魂胆はねえ。おめえらを雇った主に言付けだ」

逃げ腰の三人がそれでも宗五郎のほうを向いた。

「この宗五郎が近々挨拶《あいさつ》に出向くから、首を洗って待ってろ。牢に入ればもはや熱海の湯も浸かれめえ、明日かぎりの娑婆《しゃば》の湯だ、大湯にしっかりと入って垢《あか》を洗い流しておくことだとな、言付けを頭に刻んだか」

「上手には覚えきれねえら」

馬鹿正直な相手の返答に、ふっふっふ、と笑った宗五郎が、

「いいってことよ、およそでいいや。なあにどこぞの闇の中でご当人がこの宗五郎の言葉を聞いておられるようだ」

と言うと、

「今井の大旦那、参りましょうかな」

と呼びかけた。

「この者たちをお縄にしなくてようございますので」

「雑魚《ざこ》を捕まえても牢が込み合うだけにございますよ」

と笑った宗五郎が短十手を背に戻した。


四半刻後、宗五郎はもうもうと煙る大湯に浸かり、手足を伸ばしていた。

「親分、すまねえ、なんの働きもしねえでよ。親分だけに汗を掻《か》かせてしまったよ」

と左官の広吉《こうきち》が洗い場から詫《わ》びた。

「なあにこちらには湯治に来たんだ、隠居方が何事もなく熱海の湯を楽しんで頂ければそれにこしたことはねえ。こっちのことは座興よ」

「それでもよ、まさか訪ねた先に仏が二つも転がり、帰り道を襲われようなんて考えもしなかった。金座裏に戻ったら八百亀《やおかめ》の兄さんにこっぴどく叱られそうだ」

「そうだな、口止め料におれの背中でも流すか」

「へえ、そう思ってこうして待っておりますので」

と広吉が手にした糸瓜《へちま》を示し、

「左官、小悪党だが明日にも小田原にのすぜ」

「目星はついていなさるので」

「まあな」

と答えた宗五郎が湯から上がり、広吉が糸瓜を湯に浸《ひた》して宗五郎の背に回った。

湯から上がった宗五郎と広吉が今井半太夫方の離れ屋に戻ると、しほが八助を相手に悪戦苦闘していた。

「姉さん、ちいと違うら。頬が殺げた男はら、顎《あご》が曲がった胡瓜《きゅうり》の先のように突き出ているら。そんでよ、目ん玉はら、盛りのついた猪の目ん玉のようでに、えらく細いら。そんで睨《にら》むと金玉が震えあがるほど、怖いら」

しほの前には何枚も八助の記憶をもとに素描した人相描きがあった。だが、八助の印象とどこかが違うらしく、八助は必死でしほに訴えていた。

「八助さん、しばらく休みましょう」

としほが提案し、そこへ女衆が宗五郎と八助の膳を運んできた。

「八助、うちの絵師が苦労をかけているようだな」

「姉さんのせいではねえら、わしがあれこれ考える度《たび》にあいつの顔が違ってくるら」

と応じる八助に宗五郎が熱燗《あつかん》の徳利を差し出した。

「親分から酒を注いでもらうなんてら、こりゃ、盆と正月がともに手つないできたようら。今井の大旦那の座敷に上がるのも初めてら」

と言いながらも八助は猪口《ちょこ》ではなく茶碗を差し出した。

しほは筆を手に八助がこれまであれこれと感想を述べた言葉を整理しているようで、沈思していた。その様子を松坂屋《まつざかや》と豊島屋《としまや》の隠居夫婦がじいっと眺めていた。

「おみつさん、こんどばかりはしほさんも苦労しているね」

ととせがおみつに呟く。

宗五郎の猪口には広吉が酒を注ぎ、一杯飲んで、

「ふうっ、生き返ったぜ」

と宗五郎が嘆声を上げたとき、しほの筆がさらさらと動き出し、しばらく座敷に筆が画帳に滑る音だけが微《かす》かに響いた。

八助が茶碗の酒をくいっと飲み干し、

「下り酒はやっぱり美味《うま》いら」

と満足げに呟き、しほが、

「八助さん、これでどう」

と画帳を八助に差し示した。一杯の茶碗酒に酔った眼が画帳を見ていたが、
ぶるっ

と身を震わし、八助が、

「姉さん、あの男を知っているら」

と尋ねたものだ。

三

金座裏にもようやく蠟燭《ろうそく》問屋三徳《さんとく》の隠居殺しに進展が見られようとしていた。番頭の文蔵《ぶんぞう》が険しい表情で金座裏を訪ねてきたのだ。

訪《おとな》いの声がだれか察した八百亀が玄関先に出て、

「ようやくその気になりなさったか」

と文蔵を見て、

「旦那の親左衛門《しんざえもん》様は都合がつかねえようだな」

と尋ね返したものだ。

「へえ、説得申したのですが、どうにも首を縦に振られません。それで私が旦那からすべてを委託されてこちらに参りました」

「なあに、文蔵さんが事情をすべて承知というのなら、それでようございますよ」

と居間へと案内していった。

金座裏では朝餉《あさげ》が終わった刻限だ。手先たちが居間から次の間に控え、若親分の政《せい》次《じ》の、この日の手配りを聞いていた。

「若親分、三徳の文蔵さんのお出ましですよ」

と政次に告げた八百亀が、

「おめえら、台所でしばらく待っていねえ」

と手先たちを台所に下がらせた。

三徳が金座裏を訪ねてくるのをこれほど迷ったのだ。深い事情があってのことと察し、手先とは言い条できることならば知られたくなかろうと八百亀が推測してのことだった。

居間の襖《ふすま》が閉じられて、金流しの十手と銀のなえしが三方《さんぽう》に置かれた神棚のある座敷に政次、八百亀、そして、文蔵の三人が対座した。

「ご隠居の弔《とむら》いは無事済みましたか」

と政次が穏やかな口調で尋ねた。

「若親分さん、お蔭さまでなんとか見送ることができました」

「それはよかった」

政次が文蔵に微笑《ほほえ》みかけた。

「金座裏の若親分、ご隠居が殺されたにも拘《かか》わらず取り調べに応じようとしなかった旦那の我儘《わがまま》をようも我慢して下さいました。主のことを申すようでなんでございますが、当代の親左衛門は、いささか幼い折からお婆様、おっ母さんに甘やかされて育てられた。そのせいか世間様の仕来《しきた》りに疎《うと》く、情にいささか欠けるきらいがございましてな、嫌だと思うともう私ら奉公人にも何日も口を開かれないことがままございます。こたびの一件には、若い頃の親左衛門と男盛りだった隠居がからむ因縁《いんねん》がございましてな、親左衛門も素直に口にする気にはなれなかったのでございましょう」

「文蔵さん、おまえ様も気苦労ですね」

と応じた政次が、

「車力が見たたぼをおまえ様も親左衛門様もすぐに察しがつきましたので」

「いえ、私は話をこちらから最初に聞かされたときは思いつきもしませんでした。ですが、旦那はなんとなく察していたようにございます。私がはっきりと分かったのはだいぶ後のことです。ご隠居の骸が神田川で見つかり、こちらの手先衆がご隠居の数珠《じゅず》の飾りの珊瑚《さんご》を讃岐《さぬき》高松藩下屋敷の土手近くで見つけたと報告を受けたときにございますよ」

「やっぱり三徳では高松藩と関わりがあったんだ」

と八百亀が聞いた。

「いえ、八百亀、そうではございません。高松藩とうちは確かに取引きがございません、それは真にございます。ですが高松藩に女中奉公をする女、お桂を承知《けい》していましたので」

「たぼはお桂という名かえ」

八百亀の念押しに頷いた文蔵が、

「お桂は麴町《こうじまち》にあった同業の娘にございましてな、いえ、うちに比べれば商いは小そうございまして、うちから品を卸してもらう問屋と小売り商人の間柄にございました。この蠟燭屋の一人娘のお桂が利発者のうえに物心ついたころから、麴町小町と呼ばれるほどの美形にございましてな。親父が病に倒れたとき、お桂がうちに奉公に入ったのですよ。お桂はすぐにお店《たな》に慣れた、いや、慣れたどころか、隠居と旦那の両方に上手に取り入り、すぐに親子の心をぐいっと摑《つか》んだようで、あまり年が変わらぬ若旦那などめろめろに心を奪われたようにございます。ところがそのお桂は旦那のお手付きになり、それにも拘わらず若旦那と旦那の二人を操るようになった」

「悪性な女をお店に入れたものだな」

と八百亀が嘆き、茶を淹《い》れて、文蔵の前に出した。供された茶碗を無意識に摑んで

喉《のど》を潤した文蔵が、

「全くそのとおりにございますよ。奥で父子がいがみ合うようになったとき、まだ存命だったお婆様が旦那と若旦那の留守の間にお桂に因果を含めさせ、お店から追い出されましたので。いくらはしっこいお桂といえどもお婆様の貫禄《かんろく》には敵《かな》いません。ええ、それでも実家には戻らぬ約束でそれなりの金子を与えられましたし、お桂の新しい奉公先もお婆様が口入屋《くちいれ》を通して決められ、そこがどこか私どもには知らされませんでした。旦那も若旦那もお婆様にとくとくとお店を出した事情を語られて、旦那は得心された様子にございました。ですが、若旦那がお桂を探し歩いておられたのを私は承知しております。まあ、お婆様の眼が光っておるうちは、お二人もどうにもしようがありません。その騒ぎから十五、六年が過ぎ、なんとなくお桂が武家屋敷に奉公して、奥向きお女中に出世しておることを風の便りに承知しておりました。私がそのように知っておるくらいです、隠居に退かれた旦那も、若旦那から当代の主になった親左衛門もひょっとしたら、お桂の奉公先くらい承知していたかもしれません。ですが、隠居も親左衛門もお桂と会うようなことはしておられぬと思います。正直言ってご隠居がお桂とどこでどう出合い、やけぼっくいに火が点《つ》いたか、存じません。吉原の馴染みの花魁《おいらん》ともこの一月あまり疎遠というところを見ると、この一月うちのことにございましょう。それにしてもご隠居がお桂に誘い出されて、五百両もの大金を強請《ゆす》られることになっているなんて、ご隠居もその時点で私に打ち明けて下されば、金座裏に駆け込み、命を落とす羽目になることはございませんでしたよ」

と嘆いた。

「ようも話してくれました」

と政次が言い、八百亀が、

「お桂は未だ高松藩下屋敷に奉公しているのかねえ」

「八百亀、私もちょいと高松藩の内情に詳しい知り合いがおりましてね、探らせましたので」

「文蔵さん、厄介なことをしなさったね、素人《しろうと》が口ばしを入れると相手が察して、逃げだしたり、証拠なんぞを隠したり、燃やしたりしかねないぜ。探索がこじれる因《もと》なんだがな」

「気が付かなかった。八百亀、だけどねえ、私もじいっとしていられなくてね」

「まあ、済んだことは仕方がないよ、八百亀。文蔵さん、それでなにが分かりましたか」

「お桂は最初高松藩の上屋敷に奉公に出て、たちまち生来の美貌《びぼう》と知恵で若侍などを虜《とりこ》にしたらしゅうございます、ところがお桂は家来なんぞには見向きもしない。そのうち、藩主の親戚筋の重臣の手が付き、この松平唯尚《ただなお》様が逢瀬《おうせ》を重ねるのに上屋敷では都合が悪いというので、下屋敷奉公にしたのです。松平様とお桂の関係はなんと松平様がお桂と交合《まぐわ》っておる最中に亡くなられた時まで五、六年続いたそうでございましてな」

「なんと旦那は腹上死かえ」

「そういうこった、八百亀。そこでさすがの高松藩も下屋敷にもおいておけないというので、お桂を宿下がりさせたそうな。だが、もはや麴町の貧乏くさい家に戻る気はないお桂は、高松藩下屋敷近く、本郷元町の三念寺裏に小体《こてい》な家を購《あがな》って住み始めたそうでしてな。呆《あき》れたことに高松藩の重臣方が次々に訪れる始末、まるでお桂は大勢の旦那を抱えた按配だったそうです。だから、食い扶持《ぶち》には困らなかったのでございますよ」

「呆れた話ですね」

と政次が嘆くように言った。

「若親分、人というもの、年々歳々衰えていくものでございますよ。ところがお桂はどういうわけか、三十の峠を越えてもますます妖艶《ようえん》を保っておりましてな、それでも大年増《おおどしま》というので、重臣方の通いはなくなったが、勤番で江戸に出てきた侍がお桂のもとに次々に通ってくるので、それなりに実入りはあったそうでございましてな。最近の旦那は、大名家の奉公人にしては、いささか乱暴者の御番衆外村達次郎《そとむらたつじろう》という剣術の遣い手だそうで、この外村様のもとには剣術自慢の面々が集まって徒党を組んでおるようにございます」

「魚河岸《うおがし》で若親分にひどい目に遭わされた面々かねえ」

「まあ、そんなところかもしれません」

と答えた政次が、

「ご隠居が本郷元町に通うようになった経緯はもはやご隠居の口から聞けません。ご隠居自ら訪ねていかれたか、偶然にも町で出会うたか。やけぼっくいに火が点いて、殺される羽目になった」

「文蔵さん、お桂は五百両もの大金をどのような理由で強請りとるつもりだったか知らねえが、ご隠居は自分の命と引き換えにお店を守りなさったと言えなくもあるまい」

八百亀の言葉に文蔵が頷き、八百亀が、

「親左衛門様は、親父様がお桂と復縁したのに嫉妬《しっと》なされたか」

「さあてな、最前も申し上げましたが主は内心を明かす人ではございませんでな、親父様のどこをどう怒っておられるのか存じません」

「文蔵さん、およそのことは分かりました」

と政次が言い、

「親左衛門様の願いはなんですね」

と聞いた。

「はい、それが」

と文蔵が言い淀んだ。

「正直に言いなせえ、叶《かな》うかどうか、あとは若親分の判断次第だ」

「失礼を顧《かえり》みず申し上げます、どうかお怒りにならないで聞いて下さい」

と文蔵が政次をひたっと見た。

「お聞きしましょう」

「旦那は、お桂が真にご隠居を殺した首謀者なれば、牢送りなどせずに捕物の折に始末してほしいと仰《おつしや》いますので」

と文蔵が一気に言い切った。

「文蔵さん、おめえ、ここをどこと承知でそんなことを言いなさるな。うちは斬った張ったのやくざ渡世じゃねえ。れっきとしたお上の御用を承《うけたまわ》る御用聞きだ、それも家光様お許しの金流しの金座裏の宗五郎の家だぜ。いくら捕物の最中とはいえ、人を殺《あや》めることができるものか」

と八百亀の声は激していた。

「八百亀、文蔵さんの言葉ではありませんよ、親左衛門様の言葉を文蔵さんは伝えておられるだけですよ」

と政次が制したが八百亀の血相は変わっており、怒りは収まりそうになかった。

「文蔵さん、最後まで話を聞きましょう」

「真に我儘な勝手な願いとは承知しておりますし、八百亀が憤慨するのももっともな話です。若親分、八百亀、主は親父様がお桂のような悪性な女に引っ掛かって死んだということを世間様に知られたくない、お白洲《しらす》に引き出されれば話が江戸じゅうに広がると恐れておられるのです」

「その気持ちは分からないではありません。だけど、文蔵さん、ご隠居はどうやら自らお桂との復縁を望んで招いた災禍です」

「若親分、いかにもさようでございます」

と文蔵が顔を伏せ、

「番頭さん、話はそれで仕舞いかえ」

「いえ、八百亀、また怒られそうだ」

「なんだい、言いねえな」

「金座裏が見事に始末をつけたら、応分のお礼は差し上げると申しております」

と消え入るような声で文蔵が言った。

「文蔵さん、おめえさんの主を怒る気にもならねえや、笑いだしたくなったぜ。金座裏を虚仮《こけ》にするのもいい加減にしねえか」

「申し訳ない、若親分、八百亀。だけど、私ども奉公人には主の考えを変える力はありませんよ」

とただ二人の前に平伏した。

「文蔵さん、頭をお上げください。御用聞きの私どもがお上から許された分限を超えております。まあ、必ずや悪人ばらをお縄に致します。その上で真相が世間に広まらない工夫ができるかどうか、北町の旦那方にお願い申してみます、私が約束できるのはそんなところですよ、文蔵さん」

「はあ」

とまた畏《かしこ》まった文蔵が何度も言い訳をしたり、詫びの言葉を述べたりして金座裏の居間から姿を消した。

怒っていた八百亀がそれでも玄関先まで見送った。

政次は台所に向かい、

「お待たせ申しました、寺坂様《てらさか》」

と呼びかけた。

「蠟燭問屋の三徳といえば江戸でも知られた老舗《しにせ》だぜ。なんともとんちきな主がいたものだな」

姿を見せた北町奉行所定廻り同心寺坂毅一郎《きいちろう》も憮然《ぶぜん》とした顔で長火鉢の前に腰を下ろした。

「おや、寺坂様、お出《い》でにございましたか」

と八百亀が玄関から戻ってきて言った。

「若親分はおれが聞き耳を立てているのをとっくに承知よ。それにしても温厚な八百亀を三徳の番頭め、えらく怒らせやがったな」

と寺坂が苦笑いした。

「うちの縄張り内の三徳親左衛門があれほどひでえ主人とは存じませんでしたよ。親父もたしかにどうしようもねえが、倅に迷惑をかけまいと、五百両の脅迫を断りに行って、命を失う羽目に落ちたんだ。ちったあ、親父の気持ちゃ老いの寂しさも察するがいいじゃねえか」

と八百亀の怒りは当分静まりそうになかった。

ふっふっふ

と寺坂毅一郎が笑い、

「さて、若親分、どうするな」

と政次に話しかけた。

「お桂が本郷元町の三念寺裏に家を構えているのなれば、この足で踏み込むこともできますが、三徳の他に讃岐高松藩松平家の面目も考えねばなりますまいな」

「そういうことだ」

「親分がおられれば高松藩に手蔓《てづる》もございましょうが、駆け出しの私では残念ながら知り合いがございません」

「おれも出入りではない。だがな、今泉《いまいずみ》家が昔からお付き合いがある筈《はず》だ。吟味《ぎんみ》方与《かたよ》力《りき》どのの出馬を願ってはどうだ」

吟味方与力今泉修太郎《しゅうたろう》は北町与力の中でも抜群の才と指導力で奉行小田《おだ》切直年《ぎりなおとし》の信頼も厚い人物だ。金座裏とは代々の親交があった。

「ならば私はこれから北町に出かけてきます」

「町廻りはおれたちに任せておけ」

と寺坂が磊落《らいらく》にも返答した。

「若親分、手先を一人ふたり伴いなせえ」

「八百亀、お桂の家に踏み込むときは皆の力を借りる。だが、今日のところは今泉様に話を通すだけのことだ、一人で十分だ。それより師走のことだ、かっぱらい、掏《す》りが横行する時節ですよ。しっかりと寺坂様のお供をして下さいな」

と政次が願い、八百亀も承知した。

しほが用意してくれていた羽織を着ると背に金流しの十手を斜めに差し落とした。

背丈が高いので一尺六寸の長十手が羽織の下にすっぽりと収まった。神棚に柏手を打った政次が玄関先に出ると町廻りに出る稲荷《いなり》の正太《しょうた》らが寺坂を待ち受けていた。

「稲荷の兄い、八百亀にも願ったが師走です、いつもより気を使って町廻りに精を出して下さいよ」

と願った政次と寺坂一行は、金座裏の玄関前で左右に分かれた。

北町奉行所の吟味方与力今泉修太郎は、政次の話を聞くと、

「若親分、この話、早いに越したことはなさそうだ。それがしが若親分を小石川御門前の高松藩上屋敷に案内して、用人丹波《たんば》辰亀《たつひさ》様をご紹介申し上げよう。葵《あおい》の御紋の高松藩にとっても世間に真相が知れると、不名誉な話だからな」

と即座に外出の仕度をなすと、草履《ぞうり》取《とり》、槍持《やりもち》、若党、挟箱《はさみばこ》を従えた継裃《つぎがみしも》姿の今泉修太郎に政次が加わり、師走の呉服橋から神田川小石川御門南詰めの高松藩の上屋敷を訪ねた。

今泉と政次の二人が高松藩松平家の丹波用人に面談し、政次が経緯を述べると丹波用人の顔色が変わり、

「あの性悪女めが」

と吐き捨てたものだ。

三人の用談は一刻におよんだ。

四

この夕刻、高松藩松平家からの使いが金座裏を訪ねてきて、政次若親分と四半刻ほど面談し、去っていった。

金座裏の面々が動いたのは、四つ半（午後十一時）の時刻だ。

小者《こもの》も伴わず、北町定廻り同心の寺坂毅一郎がふらりと姿を見せ、捕物仕度の政次らと押し出していった。

八百亀が金座裏の留守番方に残り、政次に従ったのは若い手先の常丸《つねまる》、亮吉《りようきち》、伝次《でんじ》の三人だ。

五人は金座裏を出ると本革屋町、金吹町を抜けて龍閑《りゆうかん》川を渡り、新革屋町、新石《しんこく》町、竪大工《たてだいく》町、多町と人の往来が消えた通りをひたひたと進み、寄合《よりあい》倉田家の塀にぶつかると右手に折れて、丹波篠山《ささやま》藩青山様の屋敷沿いに筋違《すじかい》橋御門に出た。

この界隈の人々が八辻原《やつじがはら》と呼ぶ広場を横切り、神田川を筋違橋で渡って、左岸に出ると川沿いに昌平坂へと上がっていった。

神田川の土手道には北から筑波《つくば》颪《おろし》が吹きつけて、ぐんぐんと気温が下がっていた。

「雪が降るかね」

と寺坂が肩を並べる政次に言った。

「星が見えておりますよ、雪は降らないかもしれませんが天水桶《てんすいおけ》に氷が張りましょうな」

「手がかじかんできやがる」

とぼやいた寺坂が長十手を持った手を振った。

寺坂毅一郎は、尻端折《しりはしょ》りに半纏股引《はんてんももひき》に大刀を一本手挟《たばさ》み、手甲《てっこう》の手には捕物用の長十手を持っていた。

政次は背に金流しの十手を斜めに差し落とし、着流しの裾を尻端折りにして羽織を重ねていた。従う常丸らも襷《たすき》がけの捕物仕度で六尺棒を小脇に抱えて無言で、昌平坂を上がった。

上水道の傍らを抜けると水道橋が見えて、橋の傍らに赤い灯が見えた。

「ふうっ、助かった」

と寺坂が呟き、一行は赤い灯に吸い寄せられるように近づいていった。するとそこには五人ほど股立《ももだ》ちをとり、襷がけの武士が一行を待ち受けていた。

赤い灯は屋台の田楽屋だ。親父が戦《いくさ》仕度の武士に捕物姿の寺坂らが加わったので眼を丸くしていた。

「寺坂どの、金座裏の若親分じゃな」

と声をかけてきたのは讃岐高松藩松平家の家中《かちゅう》でも剣術の遣い手として知られた御《お》目付《めつけ》正源忠三郎《しょうげんちゅうざぶろう》らだった。

「北町の寺坂にござる」

「それがし、正源忠三郎、丹波用人から寺坂どのと金座裏を助勢せよと命じられておる」

「心強いかぎりにござる」

若い武士が寺坂らに茶碗を配り、親父が薬缶《やかん》でつけた燗酒を注いでくれた。

「頂戴致す」

と応じて政次らも茶碗酒に口をつけた。亮吉など一気に飲み干して、

「ふうっ、生き返った」

と漏らし
「常丸兄い、もう一杯貰えねえかね」

と小さな声で囁《ささや》いた。

「捕物が控えているんだよ、我慢しねえ」

と常丸が応じるところに坂下から人影が走って、

「正源様、およその面々がお桂の家に集まっております」

と報告した。

「寺坂どの、金座裏、押し出そうか」

と正源が言い、

「先陣はわれら町方が務めます」

と寺坂が応じて、一行は田楽屋を離れて、上水道へと少しばかり下り、千石ほどの旗本屋敷が門を連ねる小路へと入っていった。

神田川から小路に曲がったせいで幾分風が和《やわ》らいだ。

お桂の家が接する本郷元町の三念寺は、院号を真言宗薬王山遍照院《へんじょういん》といい、本所の弥勒寺《みろくじ》の末寺だ。

一行が三念寺の北側に回り込むと、竹葉が風にざわざわとなって寒さを募らせた。

女一人が購ったにしては敷地も百三、四十坪はありそうで、この界隈の人に、

「竹林の妾様《めかけ》」

と呼ばれているそうな。黒板塀《くろいたべい》の闇から人影が現れて、

「表門はこちらにございますが中から閂《かんぬき》がおりております。裏戸の錠は外してございます」

と正源に報告した。見張りの小者だった。

「寺坂どの、われら、予《かね》ての手筈どおりに表門に待機いたし、事が起こったら突入いたす」

「畏《かしこ》まって候《そうろう》」

と応じた寺坂が、

「若親分、参ろうか」

　と誘いかけ、

「お供いたします」

　と政次が受けた。

　奉行所同心の寺坂と金座裏の政次は、赤坂田町《たまち》の直心影流《じきしんかげ》神谷丈右衛門《かみやじょうえもん》道場の兄弟弟子ゆえ、一々説明をし合うことなく事が進められた。

「私が先に」

　と小路に入った政次が裏戸の前でいったん足を止め、背から金流しの十手を抜き出した。

　外村達次郎の煙草入れが古びた印伝《いんでん》の武骨なものから、古渡更紗《こわたりさらさ》、赤銅《しゃくどう》・金・四分一象嵌《ぞうがん》の達磨《だるま》彫り金具、緒〆はとんぼ玉と代わったことが、高松藩目付の正源忠三郎らによって確かめられていた。

　古渡更紗の煙草入れは三徳の隠居の自慢のもので、文《ふみ》に誘い出された日も腰にあったことは文蔵らの証言ではっきりとしていた。

　政次が戸を押すとぎいっと鳴って開かれた。だが、竹林が鳴る音に紛れて屋内の連中には聞かれる心配はなかった。

政次、寺坂、常丸、亮吉、伝次の順でお桂の敷地に忍び入り、最後に高松藩御目付の小者が裏戸を潜った。表門前に待機する正源らを門を外して、敷地に入れるためだ。
雨戸が閉じられていたが戸の隙間《すきま》から人声と灯りが漏れてきた。
お桂が購った家は、御典医角沼小庵《かどぬましょうあん》が妾を囲っていた家で角沼が亡くなった後、妾が売りに出し、それをお桂が購ったものだった。
角沼家に建前《たてまえ》の折の図面が残されていて、政次らはおよその間取りは頭に入れていた。
勝手口に回った政次が戸に触ったが中から錠が下りていた。
「若親分、わっしが」
と亮吉が心得て懐に忍ばせてきた薄刃の小刀を戸と柱の間に突っ込み、二度三度と上下させていたが、
ことり
と落とし錠が外れた音がして戸が引き開けられた。
台所に有明行灯《ありあけあんどん》が灯り、その前の火鉢で小女《こおんな》がどてらを羽織って、
うつらうつら
と居眠りしていた。小女はお燗番のようだ。火鉢にかけられて鉄瓶がしゅんしゅん

と音を立てていた。

亮吉が指で自分の顔を差し、任せてくんなと政次に願った。

六尺棒を戸口に置いた亮吉が音もなく土間から板の間に飛び上がり、小女が居眠りする後ろに回り、政次らは続いて板の間から酒盛りが続いている奥へと侵入していった。その気配に小女が目を覚まして、叫ぼうとした。

亮吉の手が後ろから回って小女の口を塞《ふさ》ぎ、

「おれっちは北町奉行所と金座裏の宗五郎の手の者だ、大人しくしていねえ。騒ぐと怪我をすることになるからな」

と耳元に言い聞かせた。

「分かったか、分かったら顔を振りねえ」

小女の顔ががくがくと頷き、亮吉の手が緩められた。

「いいな、大人しくしているんだぜ」

亮吉は立ち上がると六尺棒を取りに戻ろうとして変心した。なにを考えたか、手拭いで鉄瓶の柄《え》を巻いた。

常丸が障子を開き、政次と寺坂が廊下に立った。

座敷ではお桂と外村が長火鉢の前で酒を酌み合い、外村は容子《ようす》のいい千喜利形の煙管で一服し、猫板の上には古渡更紗の煙草入れが置かれてあった。また、外村の配下らが車座になって花札をしながら酒を飲んでいた。

「だれだ、おまえらは」

と外村が黒ずんだ顔を二人に向けた。

「北町奉行所定廻り同心寺坂毅一郎」

「金座裏宗五郎の跡継ぎ政次にございますよ」

「町方がなんの用だ」

政次が懐から印伝の煙草入れを外村の膝《ひざ》の上に投げた。

「これをどこで」

「知れたことにございますよ。三徳のご隠居の骸を神田川の土手を引きずり下ろし、流れに放り込んだときに柳の枝にあたって落ちたものですよ。それにしても大名家の御番衆ともあろうお方が他人の持ち物をとくとくとご愛用とは、いささか呆れたことにございますな」

「なんと、そのような場所にわが煙草入れを落としたとは」

「語るに落ちるとはこのことだぜ」

と応じた寺坂が、

「三徳の隠居を斬ったのはおめえさんかえ」

と外村に聞いた。

「刀を新しく手に入れたでな、斬れ味を試してみたくなったのよ」

と煙管を投げた外村の手が傍らの朱塗の鞘《さや》に伸びた。

「お桂、三徳の旦那に五百両もの強請《ゆすり》を働いたには謂《いわ》れがなくてはなりますまい、なんですね」

「金座裏に呉服屋の手代上がりが養子に入ったと聞いたが、おまえかえ」

と蓮《はす》っ葉《ぱ》な口調でお桂が答え、

「十何年前になるかね、三徳の旦那だった隠居が十七の私を店の蔵に連れ込んで押し倒し、体をいたぶった後、私のものになるならばその内、外に小洒落《こじゃれ》た家を持たせて、月々に手当てを二十両ほど上げると約束したんだよ。だけど、口約束ほど危ないものはないよ、一札《いっさつ》を取ったのさ。ところが三徳の婆様が追い出しやがった」

「古証文をタネにご隠居をこの家に誘い出したかえ」

と寺坂が問うた。

「訊《き》くには及ばずだね、ところが持参したのはたったの三十と七両、呆れてものがいえないよ。それならそれでじくりじくりと三徳を脅して、なにがなんでも五百両に色をつけて七、八百両は頂戴すると言うと、やるならやってみるがいいと隠居が居直ったじゃないか。よし、五百両は要らない、その代わり、読売に隠居と今の旦那が女を取り合った話を面白おかしく書かせると言ったら、隠居め、狂ったように私に摑みかかってきたのさ。その時、外村の旦那が入ってこられて、新《あら》みの刃を抜かれて呼びかけられ、振り返るところを袈裟《けさ》がけに斬りなさったのさ。お蔭で畳を替えるのにえらい苦労をした上に口止め料までとられたよ」

とお桂が平然と答えたものだ。

「蠟燭問屋三徳の隠居殺しと強請の罪でお縄にしますよ」

と政次が宣告した。

「たった二人でわれらを捕縛すると申すか、笑止なり」

と外村が立ち上がり、酒を飲みながら花札で遊んでいた外村の配下の五人も刀を手にした。

「外村の旦那、この二人を叩き斬って口を封じなよ。また畳替えのお金が要るがね、その分、三徳から絞りとるさ」

とお桂が妖艶な笑いを浮かべると、凄みのある美形の顔に邪《よこしま》な影が走った。

「よし」

と立ち上がる配下の五人の横手の襖が開くと、いきなり鉄瓶が天井に向かって投げ上げられ、蓋《ふた》が外れて立ち上がった面々の顔に熱湯がふりかけられた。

「あ、熱いぞ」

「目に入った」

と騒ぐ五人に外村がお桂の手を引くと寺坂と政次が立ち塞がる廊下とは反対の、鉄瓶の湯が振りまかれた座敷に逃げ、さらに玄関から表に向かおうとした。

「若親分、こいつらの始末、わっしらに任せてくんな」

と常丸が言い、六尺棒を構えた常丸と伝次がうろたえる五人の鳩尾《みぞおち》を突き、亮吉も短十手を振るって殴りかかった。

その場を常丸らに任せた寺坂と政次が玄関へ向かって廊下伝いに走ると、外村とお桂が開け放たれた表門から走り逃げようとした。

だが、表門前を高松藩御目付の正源忠三郎らが半円に囲んで塞いでいた。

「外村達次郎、町人を殺すなど武士にあるまじき振舞なり。町方の縄目の辱《はずかし》めを受けるか、それともわれらの手に落ちるか、二つに一つの途《みち》を選ばれよ」

と正源忠三郎が叫んだ。

「くそっ、縄目にかかってたまるものか」

外村が前門の御目付を見、後門を固める寺坂と政次を睨んで、お桂の手を放し、剣を抜くと、

「お桂、おれに従え」

と叫ぶと政次に斬りかかってきた。

高松藩の御番衆の中でも抜きんでた剣の遣い手と評判の外村だが、突然の思いがけない展開に動揺し、腰が浮いたまま踏み込んで刃を振るった。

ちゃりん
と金流しの十手が払うと、よろよろと外村が後退し、お桂の体とぶつかった。

「しっかりおしな、外村様」

お桂の一言に平静を取り戻した外村が正眼に剣を構えて、政次に再び踏み込むと刃を必殺の袈裟がけに斬り下ろした。

金流しの十手の柄《つか》と切っ先を両の手に保持した政次が鋭い斬り下ろしを受けて、両手で外村の攻めを押し返し、さらに外村が力を入れた瞬間、
くるり
と政次の体が半回転して相手の力を横へと外した。全力を一本の刃に込めていた外村がよろめいて切っ先が流れて、傍らにいたお桂の喉元を刎《は》ね斬っていた。

げええっ！

と絶叫したお桂が、

「そ、外村の旦那」

と叫ぶとその場に崩れ落ちた。

「南無三《なむさん》」

と外村が呻《うめ》くと手にしていた大刀をくるりと回し、刃を素手で握ると自らの喉に突き立てた。

その時、表門を固めていた正源忠三郎らが門を潜ってきて、

「金座裏の若親分、見事な裁きなり」

と褒めた。

足元ではお桂と外村の二つの体が折り重なり、断末魔の痙攣《けいれん》を生じさせていた。そして、お桂の体が先に動かなくなり、外村も後を追った。

「正源様、こたびのこと、お桂を生きてお縄にするのが務めにございました。それを思わぬ刃の動きで死なせたとあっては、半端《はんぱ》仕事にございます」

「そう聞いておこうか」

と正源が答えるところに亮吉が玄関から姿を見せて、

「おれ、本郷竹町の斎藤治庵《さいとうやあん》医師を連れてくらあ。鉄瓶を投げ込んだのはやり過ぎだったかね」

と気にして聞いた。

「五人の火傷《やけど》の具合はどうだ」

「一人が目に熱湯が入ったんでよ、しばらく不自由をしようがな、眼が潰《つぶ》れるなんてことはあるまいよ」

と答えた。

「機転ではあったが、あの者たちにはいささか気の毒であったな」

と政次の後見に従った兄弟子《あにでし》が亮吉に言い、

「正源どの、それとも屋敷に連れ戻り、治療をなされるか」

と聞いた。

「予ての打ち合わせどおりにこたびの一件、わが藩としても外に知られたくございませんでな、屋敷の医師に治療をさせます」

と応じて目付衆が屋内へと走り込んでいった。

四半刻後、政次はお桂の居間の長火鉢の小引き出しから十六年前、三徳の旦那だっ

た隠居の楽生《らくしょう》が十七歳のお桂に与えた書付を見付け出し、寺坂に指し示すと、

「燃やしてようございますか」

と願った。

「こたびがこと、高松藩も三徳も表沙汰《おもてざた》にはしたくねえ話だ。剣呑《けんのん》な証文なんぞ灰にするにかぎろうぜ」

と応じて、政次は書付を長火鉢の炭火にくべた。

ぼおっ
と燃え上がる炎に寺坂毅一郎が、

「若親分、一度外村の刃風を受けておいて力のかかり具合を見て、二度目であやつの斬り下ろしの刃をお桂に向けて弾《はじ》いたところなんぞは、段々と手が込んできたな」

と政次に言った。

「寺坂様、冗談が過ぎます。私は必死で外村様の刃を振り払っただけにございますよ」

居間には二人しかいなかった。

「そう聞いておこうか。これで三徳がほっと胸を撫《な》でおろすことはたしか。それにしても親左衛門に金座裏の若親分の心遣いが伝わるかねえ」

と寺坂が呟いたとき、書付の炎が消えた。

第四話　大湯長湧き

一

大湯は天に向かって巨大な湯柱が長湧《ながわ》きを始め、付近は見物の湯治客でごった返していた。

「見ましたかい、ご隠居よ。豪儀だねえ」

「棟梁《とうりょう》、長湧きとはよういうたものですね、昨夜から噴き始めて半日ですよ、一向に衰える気配がない。地中には無尽蔵の湯壺《ゆつぼ》があるんだねえ」

「江戸に土産《みやげ》に持って帰ってさ、かかあや坊主に見せてやりたいね」

「そんなことしたら江戸じゅうが熱海の湯浸《ゆびた》しになりますよ。こうして二十数里を旅してきて、見物できるから湯治なんですよ。それにしても一廻《ひとまわ》り七日の間にようも噴き上げてくれました」

などと江戸からの湯治客がわいわいがやがや言いながら、見物し、風の回り具合で

頭から湯の飛沫《しぶき》を浴びて、

「きゃあー、湯だね、温《あ》ったかいよ」

と女衆もうきうきとしていた。

この長湧き、一昼夜から一昼夜半も続くことがあった。退屈な湯治の刺激で熱海じゅうがなんとなく浮き立っていた。

その大湯からほど近い湯戸組合の座敷に湯戸二十七戸の主《あるじ》が顔を揃《そろ》えたところで、八助《やすけ》の記憶をたよりにしほが描き上げた人相描きが主らに配られた。弓屋《ゆみや》久造《きゅうぞう》らを襲い、百五十両の金子《きんす》を奪った後、江之浦の壊れかけた作事小屋で偽侍の衣裳を脱ぎ捨て、普段着に戻った四人組は、仲間の二人をあっさりと刺殺していた。その直後、小屋を出てきたところを八助に見られていた。

人の気配を近くに感じてか、あるいは人を殺《あや》めて上気した顔付きか、相貌《そうぼう》に尖《とが》った殺気が漂っていた。

一座がざわざわと揺れた。

「こいつが久造さんを襲った男かね、恐ろしい目付きら」

「この人相ならば人殺しもやりかねねえ、怖いら」

「怖いらじゃすみませんぞ、うちは百五十両もの大金を奪われておるんですからな」

と新屋《しんや》九太夫《きゆうだゆう》が腹だたしげに言い放った。

「こいつを一日も早く捕まえてら、銭こを取り戻したいものら」

「悪人面《づら》からみて、賭場《とば》なんぞですっているか、江戸辺りに高飛びしておりませぬかな」

と一同が勝手な意見を言い合った。

「お静かに願いますかな」

湯戸二十七戸の筆頭世話方の今井半太夫《いまいはんだゆう》が一同を制し、静かになったところで、

「金座裏《きんざうら》の親分が付き添い、八助さんが小田原藩の町奉行所に出頭して、あの夜の様子を証言するとともにこの人相描きも提出いたします。その前に皆の衆に集まってもらい、ただ今の探索の進行をお伝えしたかったのでございますよ」

とおよその探索具合を搔《か》い摘《つま》んで話した。

「今井の大旦那、この人相描きの男が小田原にいるといいがね」

湯治宿かつら屋の主が言い出し、

「私ゃ、なんだかいるような気がしてね」

と隣の席の渚屋《なぎさや》の主が応じた。

「親分さんと八助はいつ発《た》ちますね」

中屋金右衛門《なかやきんえもん》が半太夫に尋ねた。

「この足で伊豆山の作事小屋に行き、八助を伴い、小田原に発ってもらいます」

と半太夫が答え、

「皆の衆、小田原からよい知らせがくるのを待ちましょうかな」

と会合の解散を告げた。

湯戸組合に残ったのは、今井半太夫と渡辺彦左衛門《わたなべひこざえもん》の筆頭世話方の二人に宗五郎《そうごろう》だけだ。

「さあて、動きがございますかな」

と半太夫が言い、彦左衛門が、

「私ゃ、どう考えても仲間内に手引きがいるとは思えないんだがね」

と本日の集まりの成果を疑う風に膝《ひざ》においた人相描きを見た。

「彦左衛門様、その男、いささか誇張して描いておりましてな、八助が見た男二人はこんな風体《ふうてい》でございますそうな」

しほが丹念に描いて彩色した人物画を彦左衛門に見せた。この彩色画は八助が太鼓判を押した絵だった。

「えっ、違いますので」

と言いながら彦左衛門が一枚の画帳の中に二人一緒に描き込まれた人相描きを手にとった。そこには素描と異なり、髷《まげ》のかたち、着流しの縞《しま》模様、目付き、手首から覗《のぞ》いた入墨の跡まで丹念に描き込まれていた。

「これはこれは、また丹念ですな」

「うちの絵師は、これまで数多くの手柄を立てておりましてね」

と宗五郎が嫁自慢をし、

「なんでわざわざ線描だけの絵を私どもに配ったのでございますかな、金座裏の親分さん」

「そいつは小田原に走る人が教えてくれましょうぜ」

というところに湯戸組合に庄太《しょうた》が走り込んできた。

「親分、新屋の倅《せがれ》が人相描きを手にして根府川往還を小田原方面へと走り出しましたぜ。広吉《こうきち》さんはあとを追っていきました。私も後を追います」

と告げると踵《きびす》を返して長湧きが轟《とどろ》く表へと飛び出していこうとした。まるで庄太は金座裏の手先になった体《てい》だ。いささか湯治に飽き飽きしていたせいでもあった。

「待った、庄太。おめえの出番はここまでだ。あとは隠居方の面倒を見ながら、湯に浸かっていろ。それがおめえの務めだ」

と宗五郎が庄太を諌《いさ》めた。

「えっ、広吉さん一人でいいのかい。おれも行ったほうが広吉さんもなにかと便利と思うがね」

「庄太、土地勘もねえおめえが加わったとしても大した役には立つまいぜ。ここは餅《もち》屋に任せねえ」

「そうかい、そうかねえ」

と庄太は亮吉《りょうきち》の代役でも務める気だったか、なんとも残念そうな顔をした。

「清蔵《せいぞう》さんの前でおれなんぞ言っていた日にゃ、お小言を食うぜ。おめえもそろそろ豊島屋《としまや》の手代に昇る身だ、そいつを忘れるな」

とさらに注文を付けた宗五郎が、

「どれ、わっしらも神輿《みこし》を上げましょうかえ」

と立ち上がると、半太夫が、

「親分、お供しますよ」

と従った。湯戸組合に独り残された渡辺彦左衛門が、

「ちょちょちょっと、まさか新屋の倅が追剝《おいはぎ》の手引きというのではありますまいな」

と宗五郎と半太夫に質《ただ》した。

「彦左衛門様、そうじゃなきゃあいいんだがね。金座裏の親分は最初から新屋に目をつけてね、手先の広吉さんに見張らせておられたのですよ。するとね、倅ばかりか、この一件、親父《おやじ》も絡んでのことではないかという様子が見えてきたそうな、さすがに餅屋の見る目は違います。いや、それも親父様が頭分で練り上げた話じゃないかという様子なんですと。だが、はっきりとした証拠があるわけではない。それで最前のように湯戸の衆に集まってもらい、人相描きを配って、新屋九太夫さんの反応を見たってわけですよ」

「魂消《たまげ》ました。まさか仲間が、それも世話方の一人が百五十両強奪の手引きをしていたとはね」

　と彦左衛門が言い、

「九太夫さんが家に戻った途端、倅の小助《こすけ》が根府川往還を小田原に走ったとなれば、どうやら読みがあたったようだ」

　と半太夫が宗五郎に代わって答えていた。

「なんということを。やっぱり新屋の内所は思った以上に苦しかったようだね」

　と彦左衛門が嘆き、

「親分方の調べで小助の博奕《ばくち》がまたぞろ始まったということで、小田原の胴元《どうもと》に責められてのことではないですかね」
と半太夫が自分の推量まで付け加えた。そして、
「彦左衛門様、しばらくおまえ様の胸の中にこのこと仕舞っておいて下さいよ」
と願うと湯戸組合の玄関に向かった。

半刻後《はんとき》、五丁櫓《ろ》の早船が矢のように飛んで、真鶴《まなづる》岬の三ッ石沖を回ろうとしていた。御汲湯《おくみゆ》献上の折、江戸へと熱海の湯を大桶《おけ》にいくつも積んで走る早船だ。船足は断然速い。

乗船しているのは半太夫、宗五郎に八助の三人だ。

岬を回りきった五丁櫓が岩村を過ぎ、大根沖に差し掛かったとき、根府川往還を走る小助らしい姿を船上の宗五郎と半太夫は小さく捉《とら》えていた。

その小助から一丁（約百九メートル）ほど後を馬に跨《また》がった広吉が尾行していた。熱海峠から下ってきたときの馬方《うまかた》で、馬は清蔵が乗った首振り馬だ。

人の往来が少ない街道を尾行するのは相手に気付かれ易《やす》い。そこで宗五郎が馬を借りうけて、広吉を旅人に仕立てたのだ。馬に乗った御用聞きの手先がいるなど思うまいと工夫したのだが、小助はそれどころではないようで、後ろから尾行してくる者が

いるなど気にかけてもいなかった。それだけしほが描いた人相描きが、「仲間の風貌」を伝えているということではないか。

五丁櫓は根府川往還を急ぐ小助を追い抜いて相模灘《さがみなだ》を一気に小田原城下へと突き進んでいった。

熱海を出て、一刻半後、五丁櫓の早船は、小田原城下御幸《みゆき》ノ浜《はま》に舳先《へさき》を乗り上げ、宗五郎、半太夫、八助の三人が次々に浜に飛び下りた。

さらに四半刻後、二人の姿は小田原城内の町奉行鈴木《すずき》主水《もんど》の御用部屋にあって鈴木奉行と対座していた。

大手門で宗五郎が身分を名乗り、家臣の滝口空太《たきぐちそらた》に面会を求めた。

滝口とは小田原城下で押し込みを働いた酒江貞政《しゅこうさだまさ》一味の一件で知り合い、しほが描いた頭目の酒江の風貌が江戸に伝えられて、それがきっかけで金座裏の面々の手で一味は一網打尽に捕らえられていた。

再会を喜んだ滝口は宗五郎の用件を早速に町奉行鈴木主水に伝え、何事もなく対面が許されたところだ。が、八助は玄関先で待たされることになった。

鈴木奉行は即座に配下の与力同心を呼んだ。

一同が揃ったところで宗五郎は、懐からしほが描いた彩色を施《ほどこ》した二人組の人相描きを取り出して、広げた。すると同心の一人が、

「江之浦で仲間を刺し殺したというのは兼松《かねまつ》でしたか」

とあっさりと身許《みもと》と名まで答えていた。

「ほう、承知の男でしたか」

「こやつ、数年前から小田原城下に巣食う悪の頭分でございましてな、時雨《しぐれ》の兼松って野郎です。大坂で入牢《じゅろう》した経験があるそうで、そのせいか城下ではなかなか尻尾《しっぽ》を摑《つか》ませなかったのでござる」

「熱海の新屋九太夫の倅の小助がただ今根府川往還を必死で小田原へと走っております。あと半刻もすれば城下に姿を見せましょう」

「ならば、われらは時雨の兼松の棲《す》み家《か》に網を張っておればようございますかな。熱海と小田原がつながれば、一網打尽にお縄にすることができます」

と張り切った。

「棲み家が分かっておりますか」

「時折、われらも見回って兼松に悪さをするでないと釘《くぎ》を刺しておりますでな、この二人目の男が狐《きつね》の与《よ》三郎《さぶろう》って兼松の腹心にござるよ、親分」

「江之浦で殺された二人も兼松の手下でしたか」

「骸《むくろ》を検死しましたが、あの二人はこれまで時雨の兼松のところで見かけたことはござらぬ。おそらくこたびの仕事に流れ者を雇ったのでしょうな。兼松が百五十両を奪ったばかりか、二人を始末したとなれば獄門は免れますまい」

と応じる同心に、

「この際だ、金座裏の力を借りて一人の者も城下から逃すでない」

と町奉行鈴木が厳命した。

小田原城下西外れにある大久寺《だいきゆうじ》は藩主の大久保一族とゆかりの寺だった。初代藩主の大久保忠世《ただよ》が三河より入封した折、同行してきた僧侶日英が開山し、天正十九年（一五九一）に創建《そうけん》したものだ。だが、二代忠隣《ただちか》が改易後、寺は衰退した。そこで大久保氏の縁者の石川忠総《ただふさ》が江戸に移転させた。それを風祭《かざまつり》村妙覚寺の日春が買い取って了源寺と改めた。

その翌年、大久保康任が再興すると、寺名を大久寺ともとに改め、妙覚寺の日春が大久寺の中興開山になった。

初期の大久保一族の墓がある寺の裏手に時雨の兼松ら、流れ者が住む百姓家があった。

新屋小助は兼松が密《ひそ》かに開く賭場の常連客であった。負けが込んだとき、兼松が正体を見せて、熱海大湯の湯戸の権利を譲れ、それで借金を棒引きしてやると脅されていた。

それを知った今井半太夫らが新屋の湯戸株を守ろうとして湯戸組合が借財を立て替えに動いたことがこたびの事件の背景にあったのだ。

小田原藩町奉行所の捕り方与力同心小者《こもの》が二十数名、それに宗五郎と知り合いの滝口空太が加わり、大久寺の裏手に押し出した。

陣頭指揮するのは与力村上陣五郎《むらかみじんごろう》だ。

日中のことだ。

時雨の兼松に悟られないように捕り方は普段着のままに大八車に捕物道具を積んで、大久寺の境内に入り込み、庫裏《くり》を借り受けて捕物仕度に身を変えた。

宗五郎は、短十手を前帯に挟んだなりで、時雨の兼松と手下が棲み家にする百姓家の表口を見張る大久保家主力捕り方の一行に加わって、竹林に隠れていた。すると半刻もした頃合い、どたどたとした足音が響いて、はずむ息の下《もと》、小助が汗みどろで姿を見せた。

百姓家の長屋門を走り込んだ小助に気付いた時雨の兼松らが家から飛び出してきた。

「どうした、小助」

と兼松が問いかけたが小助は直《す》ぐには答えられなかった。

「だれか、水をやれ」

と兼松が命じて手下の一人が柄杓《ひしゃく》で水を汲《く》んできて、

「小助さん、ほれ、水を飲んで息を整えねえ」

と渡した。

小助は柄杓を引《ひ》っ手繰《たく》るとごくりごくりと喉《のど》を鳴らして飲んだ。

宗五郎は東海道筋で馬を下りた広吉が忍んできたのに目を留め、

「村上様、お出張り願いましょうかな」

と陣笠を被《かぶ》った与力に声をかけた。

「手筈《てはず》どおりにな」

と村上が配下の表組に命ずると頷《うなず》いた一人が裏口へと百姓家を大回りして知らせに走った。

「親分、参ろうか」

二人は竹林を出ると長屋門に向かった。

その時、小助が水を飲んだ柄杓を捨てると懐から人相描きを出して、時雨の兼松に突き出した。

「なんだい、小助さんよ」

と二つ折の人相描きを開いた兼松の顔色がさあっと変わった。

「だれがこんなものを」

と兼松が叫ぶところに、

「時雨の兼松、うちの嫁が弓屋久造さんの供、八助の記憶を頼りに描いたものよ、観念しねえ」

と宗五郎の静かな啖呵《たんか》が飛んだ。

「えっ」

と長屋門を見た兼松が、

「おめえはなんだ」

「江戸は金座裏の九代目宗五郎よ。いわくがあってな、熱海の湯戸二十七戸に探索を頼まれたのよ」

「あ、ああっ！」

と新屋小助が悲鳴を上げた。

「小助、あちらにおられるのは湯戸組合の筆頭世話方今井半太夫様だ。もはやおめえら親子が、大湯の恩恵を受けることはあるまいぜ」

と宗五郎が今井半太夫に成り代わり、宣告した。

傍らで村上陣五郎が、

さあっ

と大久保家町奉行所の指揮十手を突き上げると茶色の房が躍って、表門と裏門から、

「時雨の兼松、御用だ！」

「覚悟せえ、悪人ばら！」

の声とともに捕り方が姿を見せた。

「畜生、狐、ここを逃れて予ての手筈の地に」

と兼松が狐の与三郎に呼びかけ、百姓家から竹林に逃げ込もうとすると、そこには左官の広吉が六尺棒を構えて、

「金座裏の広吉だ。悪党らしく往生際は観念しねえ、大人しく縛《ばく》につくのだ！」

と大音声《だいおんじょう》で啖呵をきった。

それでも兼松は、後ろを振り返り、逃げ道を探そうとした。だが、いつの間にか、宗五郎が兼松と与三郎の背後に迫っていて、短十手で、

びしりびしり
と二人の肩口に叩きつけると二人がくたくたとその場にへたり込んだ。

二

ゆったりとした船足の五丁櫓が相模灘を熱海に向かっていた。

もはや五丁櫓を揃えて急ぐ要はない、ために艫《とも》の長櫓に二人だけ漕ぎ方がいて、波と遊ぶように進んでいた。

船頭衆の他、船中に乗っているのは今井半太夫、金座裏の宗五郎、左官の広吉に八助の四人だ。

時雨の兼松一味を一網打尽にした小田原藩の町奉行所の捕り方は、頭目の兼松、腹心の狐の与三郎ら十二人を数珠《じゅず》つなぎにして誇らしげに大手門近くの町奉行所番屋に連れていった。数珠つなぎの最後尾には、愕然と肩を落とし、涙にくれる新屋小助もいた。

番屋での時雨一味と小助の取調べが行われると同時に小田原藩から伊豆代官所に知らせが入り、熱海にいる新屋九太夫の捕縛の要請が伝えられた。

八助も改めて百五十両が強奪されたときの様子と江之浦の壊れかけた作事小屋でな

にが起こったか、見聞したことのすべてを証言した。

その日の内におよその様子が分かった。

新屋九太夫と小助親子が小田原と熱海のおよそ中間の岩村で時雨の兼松に会い、熱海の湯戸二十七戸が始めた雁皮紙《がんぴし》の売上金強奪と金子の折半《せっぱん》を持ちかけたという。

新屋親子はあくまで雁皮紙取引が本式なものとなり、江戸からいちばん多額の売上金が熱海に運ばれる時を狙《ねら》って一度だけの強奪を提案したが、兼松は聞き流して、前払い金を弓屋久造が運んでくる一度目から狙ったことが判明した。そして、折半と約束された金子は未《いま》だ新屋親子には一文も払われていないことも分かった。

さらには江之浦で仲間二人を殺害したのは流れ者の渡世人二人があの場で金を寄越せと言い出したからだ、と兼松は小田原藩町奉行所の取調べに漏らしていた。

今井半太夫を喜ばしたのは、未だ弓屋から奪った金子百五十両が、

「熱海・湯戸組合」

と染め出された風呂敷に包まれたまま、手つかずで時雨一味の棲み家から出てきたことだ。

町奉行所ではこの金子が湯戸組合のものと認め、すべて調べが終わった後に返却すると半太夫に通告していた。

一夜、小田原に泊まった今井半太夫、宗五郎の一行は、翌朝、小田原藩町奉行所に挨拶し、御幸ノ浜から待たせていた五丁櫓に乗り込んで、舳先を熱海に向けたところだった。

師走《しわす》というのに長閑《のどか》な日和《ひより》で、陽射《ひざ》しには春のような陽気があった。

海から見る江之浦の段々畑には橙《だいだい》や蜜柑《みかん》がたわわに実り、光を浴びていた。

「今井の大旦那、蜜柑畑のてっぺんにら、壊れかけた家が見えるら。あれが二人が殺された作事小屋ら」

と八助が半太夫に教えた。

「よほど窮しましたかねえ。九太夫は何代も続いた新屋の名を汚し、牢につながれる身になりましたよ、親分」

「湯戸二十七戸が二十六になりましたな」

と宗五郎が応じた。

「私どもは昔から二十七戸で大湯を守ってきたのです。二十七戸の呼び名はそのままに、しかるべき時がきたら新屋の分家に湯株を持たせることを考えておりますよ。もっとも、それもこれも九太夫と小助のお調べ次第でございますがな」

と答える半太夫の言葉もほっとした様子があった。そして、気持ちに余裕が出たか、

「金座裏の親分さんの颯爽《さっそう》とした捕り物ぶりをほれぼれと見物させてもらいましたよ。一廻り七日の湯治が親分さんと広吉さんにはだいぶ短くなりましたがね、一日二日伸ばされませぬかな」

と逗留《とうりゅう》延長を勧めたものだ。

「師走に入りました、皆もそろそろ江戸が恋しくなった時分にございましょうよ。残された日いっぱい使い、湯治三昧《ざんまい》に浸って、江戸に戻ることになりそうでございますよ、大旦那」

と笑って答えた宗五郎が煙草《タバコ》入れから煙管《キセル》を出すと、左官の広吉が、

さあっ

と煙草盆を差し出した。

「広吉、六尺棒を構えて時雨の兼松と狐の与三郎の前に立ち塞《ふさ》がったおめえは、なんとも気迫に満ちた面付《つらつ》きであったぜ。あやつらもたじたじとなり、おれのほうに逃げ場を考えたほどだったぜ。捕り物は一つ間違えば大怪我《けが》をすらあ、捕り物に際してあの面魂《つらだましい》は見上げたものだったぜ」

と褒めると左官の広吉が嬉《うれ》しそうな笑みを浮かべた。

左官から手先に転じた広吉は、金座裏にきた当初、言動がもっさりとして亮吉から

は、

「広吉、ようも左官が務まったな。そんなもっさりじゃ、土壁が塗った先から剝《は》がれ落ちるぜ」

とからかわれたりしていた。

だが、宗五郎はどんな難事件にあっても手を抜くことなく、粘り強く探索する広吉を見て、十代目の政次《せいじ》を助ける一人前の手先に必ずや成長すると踏んでいた。

あの迫力は、昔のもっさりの広吉には見られなかったものだ。

「おりゃ、どじだ。そんな半ちくなおれを親分は湯治の供に命じられた。なんとかものの役に立ちたいと思うてきたところに、こたびの騒ぎだ。だが、熱海から小助を馬に乗って、ゆらゆらと尾《つ》けていく役目でよ、鞍《くら》の上でこんな楽な御用で申しわけねえと思ってきたんだ。悪党ばらの棲み家に辿《たど》りつくとよ、すぐに捕り物が始まったろう。頭分がどう動くか、考えてよ、小田原藩奉行所の小者さんに六尺棒を借り受けて、竹林の前に陣取ったところだったんだ。おれ、あやつらを逃すものかと立っていただけだ」

「大立ち廻りすることがなにも捕り物ではねえ、まず悪人ばらを逃がさないことが大事なんだ。おめえ、十分働いたぜ」

宗五郎の言葉にうんうんと広吉が頷いた。

五丁櫓は鶴が羽を広げたかたちから、

「真鶴岬」

と呼ばれる岬の突端、三ッ石沖を回った。すると遠くに湯けむりが立ち昇る景色が見えてきた。

「熱海に戻ってきましたよ」

と半太夫が言い、

「船頭衆、景気をつけて湊《みなと》に入ろうかねえ」

と願った。

「今井の大旦那、献上湯になった気分を味わいたいらか」

と主船頭が応じて、この日、初めて五丁櫓で漕ぎ出された。

舳先が波を切り裂き、軽やかな光の中に早船が快走していくと、みるみる熱海の海岸が近づいてきた。

「親分、しほさん、庄太に忠三郎《ちゅうざぶろう》さんが湊にいるぜ。おや、隠居の松六《しょうろく》様に清蔵様の姿もあらあ」

と飛ぶように走る五丁櫓に立ち上がった広吉が宗五郎に教えると、

「しほさん、庄太！」

と手を振った。

湊でも五丁櫓に気付いていたらしく、しほらが手を振りかえして、

「お帰りなさい」

と大声を張り上げた。

五丁櫓の勢いが緩まり、櫓が上げられて、惰性で湊の船着場の橋板に横付けされた。

すると船着場の一角に腰を下ろしたしほが五丁櫓が疾走する景色をさらさらと素描していた。

「親分、御用は済みましたかな」

と松坂屋《まつざかや》の隠居の松六が船中に話しかけた。

「まあ、なんとか幕が引かれたところでね、あとは小田原藩が後始末をなされましょうな」

「伊豆代官のお手先が熱海に入り、九太夫さんをお縄にかけていきました」

と清蔵が傍らから報告すると、

「九太夫さんのお縄姿は見たくはございませんでした」

と半太夫が漏らしたものだ。

船着場に上がった一行はぞろぞろと湯治宿の間を大湯へと上がっていった。

「あれ、なにか寂しいと思ったが長湧きは終わったか」

と広吉がだれとはなしに聞くと、

「広吉さん、一昼夜半続いた噴き上げの後、大湯は休んでいるところよ」

としほが答えた。

「そうか、湯も休みか」

「温泉は大丈夫、入れるわよ」

「しほ、おみつたちはどうしたえ」

「おっ義母さん方は本日三度目の湯に浸かっておられます」

「よくも飽きないものだな」

「私にも何度でも湯に浸かって体を温めなさいっておっ義母さんが言われるのだけど、さすがに熱海の湯にも浸かり疲れかな。こんなこと、政次さん方の前で言ったら叱《しか》られそうだけど」

「清蔵さん、そろそろ江戸が恋しくなったんじゃありませんかえ」

という宗五郎の問いに、

「親分は八卦見《はっけみ》かね、よう豊島屋の清蔵の心中が分かっておられる」

「ならば七日一廻りを楽しんだら、予定どおりに熱海を立ちましょうかね」

と宗五郎が言い、半太夫が、

「親分さん、最後の夜はうちで賑《にぎ》やかに湯治打ち上げの宴《うたげ》を持ちますでな」

と約してくれた。

「親分、熱海を立つ前に一つだけ願いがあるんだけどな」

と庄太が言い始めたのは今井半太夫方の門前に一行が着いたときだ。

「なんだ、庄太」

「おれ、一度でいいから海からさ、熱海の湯けむりを見てみたいんだけど」

「小僧さん、そんなことですか、お安い御用ですよ」

と半太夫が請け合い、

「その船に私らも乗せてくれますか」

と松六が言い、

「私ゃね、毎日眺めている初島を熱海の湯治の名残に訪ねてみたいよ」

と付け足した。

「松坂屋のご隠居、明日波静かなれば船で初島に参りましょうかね」

とこちらも半太夫が快諾して、

わあっ
と庄太が大きな声を張り上げた。

夕暮れ前、縦縞の袷《あわせ》の裾《すそ》をたくしこみ、股引《ももひき》を穿《は》いた職人風の男が金座裏に訪《おとな》いを告げた。

ちょうど町廻りから戻った亮吉が、

「表の格子戸は錠は下りておりませんぜ、御用なら戸を開けて入ってきなせえよ、頭」

と呼びかけると、

「へえ、ご免なすって」

と竹籠《たけかご》を下げた男が金座裏の広土間に入り、ぐるりと辺りを見回して、

「さすがに金座裏の造作だ、立派な普請にございますね。柱も框《かまち》も梁《はり》も吟味された木にございますな」

と土間の天井に這《は》う、黒光りして太い棟木《むなぎ》を見上げて、褒めた。

「棟梁、うちの天井を褒めにきなさったか」

と亮吉が御用でもなさそうな男の態度を訝《いぶか》った。

「いえね、若親分がいらっしたら、ちょいとご挨拶をと立ち寄ったんですよ」

という相手の言葉を聞いた亮吉が、

「若親分、名指しの客人だぜ」

と奥へ呼びかけ、政次が姿を見せた。

「私が政次でございます」

と板の間に腰を下ろして丁寧に応じた。

「わっしは越前堀日比谷町の大工銀五郎《ぎんごろう》にございますよ。この半年余り、豆州熱海にさるお武家様の別邸を建てるんで行っておりましてね、最前、江戸に戻ってきたところですよ」

「熱海からの帰りだって。棟梁、親分と会ったかえ、手先の広吉は元気に御用を務めていましたかえ。独楽鼠《こまねずみ》の亮吉を熱海に呼べって言付けではございませんかえ」

と亮吉が矢継ぎ早に銀五郎を責め立てた。

「馬鹿野郎、いつまでそんなことを考えているんだ」

と八百亀《やおかめ》が亮吉を叱り飛ばし、

「客人、すまねえ。こいつが話の腰を折っちまってよ」

と詫《わ》びた。

「手先の兄さんが問われたようにわっしと仲間がね、湯治宿の二階から通りを眺めているると箱根の山から下りてきた金座裏のご一行と目が合いましてね。なんぞ金座裏に言付けがございますかえと親分に声をかけたらさ、一同元気で熱海に到着したと、金座裏に知らせてくれめいかということでね、こうして知らせにきたところだ」

と説明すると、

「熱海土産の干物だ。手先の兄さん、台所の女衆に渡してくんな」

と竹で編んだ籠を差し出した。

「棟梁、江戸に戻られて早速お知らせ頂き、真《まこと》にありがとうございました。年寄り、女を交えての湯治旅でございます、いささか案じていたところです。安心致しました、早速松坂屋さんと豊島屋さんに知らせます」

と政次が答え、亮吉が、

「伝次《でんじ》、おめえは松坂屋だ、波太郎《なみたろう》、豊島屋に走れ」

と指図して二人の若い手先が飛び出していった。

「銀五郎棟梁、熱海土産まで頂戴しながら、お礼の言葉を忘れておりました。玄関先ではなんでございます、座敷に上がってはくれませんか」

と政次が勧めると、

「若親分、わっしはおまえさんが松坂屋の手代のときからきびきびした奉公人と踏んで、行く末を見守っていた一人だ。金座裏に移られたと聞いて、苦労をしてなきゃいいがと勝手に案じていたんだ。いや、立派な金座裏の跡継ぎになりなさった。うれしいぜ」

と言い出した銀五郎が、

「最前もいったが江戸に戻ってきたばかりだ。今晩くらいうちで古女房と餓鬼の顔を見ながらね、めしを食べねえと剣突《けんつく》を食らいそうだ。親分が熱海から江戸に戻ってきた時分に熱海の話をしにきますぜ。本日は玄関先で失礼しましょうかえ」

と銀五郎棟梁が辞去しようとした。

政次はわざわざ宗五郎一行の無事を知らせにきてくれた銀五郎を表まで見送った。

「棟梁、約束ですよ、親分が戻ってきた折に必ずお顔を出して下さいな」

とくれぐれも約束させて別れた。

「客だったかえ」

と政次の背から声がかかった。

振り向くまでもなく寺坂《てらさか》毅一郎《いちろう》だった。

「ええ、ご親切な棟梁でしてね」

　と銀五郎が訪ねてきたわけを格子戸の前で説明した。

「親分ご一行は無事に箱根から熱海に下りてきたか。今頃は江戸を懐かしく思うているときではないかえ」

「大いにそんなところかも知れません」

　と答えた政次が小者も連れていない寺坂を眺めた。

「いや、蠟燭《ろうそく》問屋の三徳《さんとく》の調べが吟味方で終わったというのでな、そいつを三徳に知らせにいったところだ。いつまでも老舗《しにせ》の表戸を閉じさせておくわけにもいくめえ。本石町の角店が閉じられていたんじゃ、お江戸の景気にも響きかねねえからな」

「寺坂様の親切、三徳では大喜びでございましょう」

「番頭の文蔵《ぶんぞう》が奥に知らせて、親左衛門《しんざえもん》が店に飛びだしてきやがったが、親父の起こした騒ぎが表沙汰《おもてざた》にならなかったてんで、過日とはえらい変わりようよ、奥に上がってくれとしつこく誘いやがった。おれの出入りのお店《たな》でもなし、痛くもねえ、腹を探られるのも癪《しゃく》だ。用件だけ伝えて踵を返してきたところだ」

　と寺坂が苦笑いした。

「最前の棟梁が熱海土産と干物を届けてくれました、それを肴《さかな》に親分方の熱海到着を祝って、いっぱいいかがです」

「干物でいっぱいか、悪くねえ趣向だ」

と寺坂が腰から落とし差しの大刀を抜くと、格子戸を跨いだ。

政次は寺坂の背に従いながら、

（寺坂様も欲のない町方同心ですよ）

と思ったものだ。

町方同心がわざわざお店を訪ね、お調べが終わったと告げたならば、当然金目当ての魂胆があるとみるのが世間の常識だ。

だが、寺坂は御城近くの本石町の辻の老舗が大戸をいつまでも下ろしておくのはよくないと自ら伝えに行き、渋茶いっぱい口にせず戻ってきたのだ。

（金座裏も寺坂様も金儲《かねもう》けは下手同士ですね）

と政次は思わず独り笑みを漏らしたものだ。

三

波間に島が揺れていた。

熱海の沖合三里に浮かぶ初島だ。海抜およそ百五十余尺が最高点の周囲は一里ほど、浅瀬が取り巻く島から波豆幾命《はつきのみこと》が立ち現れたので、

「波豆幾島《はっきじま》」

と称されたが、のちに初島に転訛《てんか》したものと思われた。

江戸時代当初は幕府領、寛文三年（一六六三）に小田原藩領、貞享三年（一六八六）に再び幕府領に戻り、賀茂郡内の一村であった。文禄四年（一五九五）の調べでも戸数三十八戸で以後もさほど変わりない。これは耕地が少なく漁業は共同で作業したゆえ、分家を厳しく制限してきたためといわれる。

その島影がだんだんと大きくなって、庄太が、

「うっ、船酔いしたよ、早く島に着かないかな」

と顔を船縁《ふなべり》から突き出した。

「庄太、船の中で粗相《そそう》をすると船魂様がおまえを海に引きずりこみますよ」

と清蔵が脅したが、当人だって青い顔をしていた。

熱海の湯治も明日が打ち上げ、明後日には江戸へ戻るというので今井半太夫が宗五郎一行を初島見物に誘い、景勝錦ヶ浦《にしきうら》を海上から眺めたあと、初島に向かわせたのだ。

「小僧さん、もう少しの辛抱ですぞ。しほ様を見てご覧なされ、揺れる船の上で悠々と絵筆を走らせておられますよ」

と半太夫が庄太に言った。が、その言葉が聞こえたかどうか、庄太は船底に蓑虫《みのむし》の

ように丸くなって転がった。

「半太夫様、私もいささか船酔いです、そこでなにかに熱中する振りをしていないと思い、景色を描いているのです」

としほが言い訳しながらも画帳にせっせと筆を走らせ、船中の様子を写していた。

「ほお、こいつは亮吉なんぞが喜びそうだ。庄太が船酔いでぐったりしている様子がよく描かれているぜ」

と宗五郎が煙管を片手に笑った。

「えっ、船酔いに倒れた私をしほさん、描いちゃったの。まずいな、亮吉さんに三年はあれこれ言われるよ」

と庄太が勇気を奮って起き上がったとき、船が大きく揺れて、

ひゃっ

とおみつたちが叫び声を上げ、船は小さな湊に入って、浜に舳先を乗り上げて、止まった。

「おっ、助かった」

と庄太が真っ先に船から浜に飛び下りて、

「押し寄せる波を見ていると頭がくらくらするよ」

と空を見上げた。

舳先に段々のある台が寄せられ、女衆から先に初島に上陸した。

「おやまあ、波の上に熱海の湯けむりが立ち昇ってますよ」

「おみつさん、島から熱海の景色を拝もうなんて考えもしませんでした、長生きはするものです」

とおえいが熱海に向かって両手を合わせ、とせもおみつもそれを見倣《みなら》った。その様子を金座裏の女絵師が得意の早描きで活写した。

「まずは初木《はつき》神社にお参り致しましょうかな」

と初島案内人に早変わりした今井半太夫が一行の先頭に立ち、浜から狭い坂道を上がっていった。

「おや、今井の大旦那、島見物の客の案内か」

島人たちがぞろぞろと島見物に訪れた宗五郎ら一行をもの珍しそうにみた。

「おまえさん方は知らないかね、江戸で有名な金座裏の宗五郎親分さんに呉服屋の松坂屋、それに酒問屋の豊島屋のご隠居様方ですよ」

「なに、江戸の御用聞きの親分が初島見物ら、島には鰺《あじ》くれえしかねえら」

と一行に関心を示した。

「お邪魔しますよ」

松坂屋の松六が一々島人に挨拶して、初木神社の狭い境内に到着し、拝殿で全員が箱根、熱海の湯治が無事に終わりそうなことに感謝して拝礼すると、それぞれが何がしかの賽銭《さいせん》を箱に投げ入れた。

「この初木神社の祭礼日には鹿島《かしま》踊りが奉納されて島じゅうが賑やかになりますがな、見てのとおりふだんは初木神社に東明寺に慈福寺の二寺、他は島人の家だけの島ですよ」

と半太夫があれこれと説明をしながら、狭い島内をぐるりと回り、浜に戻った。

「しほさん、確かに島には猫がのんびりと昼寝をしているくらいで、なにもないね」

と庄太が囁《ささや》いた。

「庄太さん、熱海では見なかった南の草木が生えていて飽きないわよ」

しほは次から次に写生をしまくっていた。

「しほさんはちゃんと見ておられますな、島の植生はたしかに黒潮の影響で熱海にはないものがございましてな、伊豆七島で見られる大島カンスゲやら八丈グアがほれ、あちこちに生えておりましょうが」

と半太夫がしほにあれこれと島の植生や暮らしを説明してくれた。だが、庄太には島の様子は関心ないようで帰りの船を心配していた。

「おまえさん、島は格別にゆったりとした時が流れてますよ。なんだかざわした江戸に戻るのが嫌になってきましたよ」

とおみつが宗五郎にもらし、

「おみつ、島に残るかえ」

と問い返されたおみつがしばらく考えて、

「止《や》めておこう。私ゃ、漁師も海女《あま》もできそうにないものね」

と諦《あきら》めた。

「おかみさん、腹が減った」

と言い出したのは庄太だ。

「小僧さん、最前の船酔いは治りましたかな」

「大旦那、不思議だな、陸地に上がったらけろりと酔いが収まりました」

「それが船酔いです、あとには引きません」

と半太夫が請け合い、

「帰り船で酔わないように腹いっぱいなにか詰め込んでおきたいところです、今井の大旦那」

と庄太が願った。

「小僧さんに腹を空《す》かせて船に乗せたら、大ごとだ。こちらに島のもて成しを仕度してございますでな」

と半太夫が湊に突き出した一軒の漁師の家に一行を案内していった。

囲炉裏《いろり》の切り込まれた板の間に膳が並び、自在鉤《じざいかぎ》には鉄鍋がかかって味噌仕立ての漁師鍋がぐつぐつと煮えていた。

この漁師家は時折島を訪ねてくる湯治客に昼餉を出すところでもあるようだ。

「ご隠居方、まずはお座り下さい」

と半太夫がこんどは昼餉の接待役になって、この家の男衆や女衆を指揮して、酒の燗をつけ、漁師鍋を丼に取り分け、徳利の酒を宗五郎らに注いでの八面六臂《はちめんろっぴ》の活躍だ。

「今井の大旦那に働かせて、私どもは上げ膳据え膳ですか、なんとも恐縮です。江戸に出てこられたら、うちに訪ねて来てくださいよ。鎌倉河岸名物の田楽と酒をたっぷり馳走《ちそう》いたしますからな」

と清蔵が言いながら、半太夫の酌を受け、

「親分、船に揺られたら庄太じゃないがお腹《なか》がすきました。まずいっぱい頂戴します」

　とくいっと飲んで、

「行く先々で飲む酒はどれも味わいがございますな」

　と感嘆した。

　囲炉裏端で賑やかな昼餉が始まり、女衆や庄太らは漁師鍋を賞味し、しほはその様子を描き、宗五郎、松六、清蔵に半太夫の四人は烏賊《いか》の造りを肴に酒をやったりとったりした。

「なんとも贅沢《ぜいたく》な湯治旅でしたよ、親分」

　と一杯飲んで落ち着いた清蔵が言い、

「これで何年も長生きできそうです」

　と松六が応じた。

「それもこれも今井半太夫様方に世話になってのことだ」

　と清蔵が自ら得心させるように首肯《しゅこう》し、

「いえね、なんともよい時節に金座裏の宗五郎親分が湯治に見えて、うちの厄介ごとを素早く捌《さば》いてくれなさったんです。こちらこそ有難いことにございましたよ」

「つまるところ、私どもは金座裏の手蔓《てづる》と手柄でこうして湯治旅を続けておるわけですな」

と答えた清蔵が、

「半太夫様、新屋九太夫と小助親子はその後どうなりましたか、小田原から知らせがございましたか」

と捕り物好きの清蔵が聞いた。

「小田原藩と伊豆代官所とのお調べは終わり、近々沙汰が出るそうです。百五十両を強奪する仕掛け人です。二人を殺した一件とも関わりがないとは申せますまい。小田原藩、代官所ともに決して親子の心証はよくはありません。時雨の兼松の獄門は間違いないとして、新屋親子にもきびしい沙汰が出ると新屋の親戚筋でも覚悟しておりますよ」

「家財没収ですか」

「それも覚悟の前です。ですが、家運が傾いて悪事に手を染めた経緯がございましょう、家財没収というても金目のものは湯株くらいです。それも七割方は湯戸二十六戸が金を出し合って助けた経緯もございます、湯株は私らがしばらく預からせてもらい、時を見て、新屋の分家筋に継がせます。それは小田原藩でも伊豆代官所でも認めてくれそうです」

とほっとした半太夫の返答だった。

初島見物を済ませた一行が熱海に戻ったのは七つ（午後四時）前の刻限だ。まずは潮風でべたついた体を大湯に浸かってさっぱりさせるために千人風呂に男衆が真っ先に行った。

「親分さん、松坂屋に奉公に出て十三年になりますが、かようにのんびりして、贅沢させて貰《もら》ったのは初めてにございます。江戸に戻ってなんぞ罰《ばち》が待ち受けておるのではと案じております」

と言い出したのは松坂屋の手代の忠三郎だ。

「ご隠居の慈悲で湯治旅が楽しめてよかったな、これも考えようによっては修業の一つよ。見聞を広める旅だと思い、江戸に戻ったら精々奉公に精を出すこった。さすれば罰なんぞが待ち受けているものか」

と宗五郎が答えると、松六が顔を湯で拭《ぬぐ》って、

「親分、当人の前でいうのはなんですがな、忠三郎が小僧に入ったときから陰日向なく働いてきたのを私も倅も見ておりましたからな、こたびの道中に連れてきましたのです」

と前置きして、さらに忠三郎に言った。

「忠三郎、主の由左衛門《よしざえもん》が口にする前に隠居の私が申し渡すのは、いささか差し出がましいことですがな、おまえ様は来春から伊勢松坂に本店上がりの奉公が内々で決まっております。松坂本店修業は番頭見習いになるための関門です、江戸に戻ったら、気を引き締めて奉公なされよ」

と湯の中で本店上がりを聞かされた忠三郎がしばらく口も利けない様子で、身をぶるっと震わせて、

「精々奉公に努めます」

と答えていた。

松坂屋の出は伊勢松坂だ。江戸店《えどだな》が有数の大店になった今も松坂の本店上がりの修業を経て、江戸店に戻り、幹部への道が開けるのだ。

「そうか、忠三郎さんは本店修業を終えると手代さんから番頭さんに出世か」

「庄太さんや、番頭ではありません、番頭見習いの身分で江戸に戻ってくるのです。が、その前にな、松坂店で奉公がなんたるか、呉服商いがどのようなものか、初心に戻っての厳しい修業が待ち受けておりますのじゃ」

「う、うーん」

と庄太が唸《うな》り、

「うちのご隠居様、うちじゃ小僧から手代になるのにさ、そんな厳しい修業はないよね」

と問うたものだ。

「庄太、心得違いをなさるな、うちにはうちの関門が待ち受けておりますよ」

「ならば小僧のままでいいか」

とあっさり庄太が出世を諦める言葉を吐いた。

「そんな了見では一人前の奉公人にはなれません。江戸に戻ったら奉公を解きましょうかな」

「それは困りますよ、ご隠居。うちは貧乏な上に幼い弟や妹が何人もいるんですからね。うちの修業ってなんですね」

「おまえさんはうちに奉公に入ったときからお店で働いてきなさったな」

「ええ、まだ体が華奢《きゃしゃ》だから、酒蔵では役に立たないって。ご隠居と旦那がお店奉公を決められました」

「そうそう、そんな経緯がございましたな。こんどの湯治旅でおまえさんの体がしっかりとしてきたことを見届けました。江戸に戻ったら、周左衛門《しゅうざえもん》と相談して酒蔵修業に替えてもらいます。あそこでは四斗樽《しとだる》を一人で担いで一人前です、湯治で楽しい思いをしたのです、覚悟をしなされよ」

「ふえっ、四斗樽を一人でか」

と庄太が考え込み、

「忠三郎さん、出世も考えものですね」

と忠三郎に相槌《あいづち》を求めた。

「庄太さん、お互い頑張りましょうね」

「そうか、忠三郎さんは覚悟したか。おれも腹を括《くく》るか」

「おれもなんてお店奉公の小僧が言っているようじゃ、酒蔵で苦労しますぞ」

と清蔵が脅した。

「忠三郎さんもちぼの庄太もうちの左官も、どうやら新たな道が江戸に戻ったら待ち受けているようですね、若いうちの苦労は買ってでもせよと昔の人が言うたものだ。今できることを精々やってみることだな、先が見えないのが修業よ、迷ったら頭で考えずに体を動かしなされよ」

と宗五郎が話を締めくくり、三人が、

「胆《きも》に銘じます」

と返答したものだ。

「親分、今夕、半太夫さんが別れの宴を催してくれるそうですが、昼間も馳走になって夜は夜で別離の宴、うちで祝儀を用意しなくていいかね」

と清蔵が言い出した。

「おみつが江戸から用意してきた祝儀袋が残っていましょう。半太夫様は別にして、世話になった男衆と女衆に気持ちを包みますかな」

「それがよろしい」

と松六も賛意を示した。

「それはそれとして、宴には湯戸組合の筆頭世話方渡辺彦左衛門方が出られるということです。なんぞこちらも思案せねばなりますまいな」

今宵《こよい》の宴は湯戸組合の新屋九太夫、小助親子が犯した雁皮紙の前払い金強奪を解決した上に百五十両がそっくりと戻ってくるというので、半太夫が金右衛門らに相談しての別離であり、お礼の宴だった。

「親分、思案とはなんですね」

「うちの広吉から松坂屋の忠三郎さん、豊島屋の庄太と奉公人まで贅沢させてもらったお礼をね、なにか考えられないかと思いましてな」

その声が千人風呂の湯けむりの向こうに聞こえたか、

「おまえさん、しほが熱海大湯湯治十景を描いて、それを画帖《がじよう》仕立てにして半太夫様に贈るそうですよ」

とおみつの声が応じた。

「そいつはいいや」

と宗五郎が答え、

「左官、おめえのお父っつあんは木遣《きや》りの名手だったな」

「大工の癖に鳶《とび》の衆に混じって木遣り連に入っておりました」

「おめえも真似事《まねごと》くらいできよう」

「えっ、わしが熱海で木遣りを披露するんですか」

「おめえだけじゃねえ、忠三郎さんと庄太の三人でお礼の木遣りをやりねえな」

「おっ魂消《たまげ》た、お店に鳶の連中が来ますからね、木遣りを聞いたことがないじゃない。でも自分がうなるとは思いもしなかったよ」

と庄太が言い、忠三郎も困惑の顔だ。

「左官、まず手本を見せねえ。忠三郎さん、庄太、しっかりと節《ふし》を覚えるんだぜ。広吉、湯ではいい声が出ると相場が決まっていらあ。覚悟をしてやりな」

と宗五郎に嗾《けしか》けられた広吉が腰に手拭いを巻き付けて、千人風呂に立ち上がった。

「親分、おれがあにいで弟役もやるのか」

「弟分はおれが務めようか」

「分かった」

と覚悟を決めた左官の広吉が、

「よ～お～ん～やりょ～お～」

と親父譲りの木遣りを大湯の千人風呂で響かせると宗五郎が、

「え～～えええ、お～お～お～」

と渋い声で掛け合い、歌に入っていった。

「めでためでたの、若松さま～よ」

粋《いき》な節回しが熱海に響いて、清蔵と松六も和し始めた。

四

この日も、昼過ぎになって江戸に筑波《つくば》颪《おろし》の木枯らしが吹き始めた。そこで金座裏では町廻りを厳しくして縄張り内に、

「火の用心」

の声を掛けて回った。

九代目の留守を守る若親分政次の指示だ。

亮吉も伝次と一緒に日本橋の南側、通一丁目の西側、呉服町新道《しんみち》、呉服町、元大工町、数寄屋《すきや》町の表店、裏店を巡回して、店の前に表に燃えやすいものなどをおいておかないよう、また火の扱いにはくれぐれも注意するように注意して回った。

一回りしたところで通二丁目と平松町の角、呉服屋の松坂屋の前を通りかかると一番番頭の久蔵《きゅうぞう》が、

「亮吉さん、町廻りご苦労だね、お茶でも飲んでいきませんか」

と店前から声を掛けてきた。

久蔵は何人もいる松坂屋の番頭の中でも大番頭親蔵《しんぞう》に次ぐ古手の番頭だ。

「いいのかえ、おれみたいな、野暮ったい男がさ、松坂屋さんの店に立ち寄ってさ、客がひかないかねえ」

「亮吉さん、今さらなんですね、遠慮なくお入りなさい」

と誘われて、

「伝次よ、折角《せっかく》の言葉だ、茶を馳走になっていこうか」

と金座裏の手先二人が敷居を跨いだ。

松坂屋では南北に抜ける通町の側の大戸を半分下ろして砂を交えた木枯らしが吹き

込むのを防いでいた。ために広いお店の中はいつもよりうす暗く、行灯《あんどん》がいくつもすでに灯《とも》されていた。

こんな天気だ、いつもより客は少なかった。

久蔵は帳場格子にでーんと控える親蔵の近くに席を持っていたが、客を送って出たところらしく、亮吉らに気付いたのだ。

女衆に茶を命じた久蔵が、

「火の用心を呼びかけ、町廻りをしているようですね」

「からからに乾いた天気にこの筑波颪の空っ風だ。夜になると一つの不注意が大火になりかねないからと若親分の命でさ、歩いているところですよ」

「そうでしたか、若親分のね」

と帳場格子から大番頭の親蔵が満足げに頷いた。

「すいませんね。こちらから手代さんを金座裏に貰いうけてさ」

「うちではえらい計算違いでしたよ。ですが、こうして政次が、いや、今や売り出し中の金座裏の若親分さんでしたね、十代目がうちの手代だったというのは、お店の自慢でしてね、読売で若親分の名が出るたびにお客様がわざわざ読売を買って届けてくれます、それも同じ読売が何枚も違うお客様から届けられますのさ」

と親蔵が笑みを浮かべた顔で答えたものだ。

「正直言ってさ、おれだって当初は仰天したぜ。だって同じむじな長屋でちんころの兄弟みたいに育った三人の一人は船頭だ。一人は御用聞きの手先、もう一人はこちらのお店奉公と道をそれぞれ分かったんだ。それがさ、松坂屋から金座裏に鞍替えたあ、青天の霹靂《へきれき》だ」

亮吉の言葉ににやにやと二人の番頭が笑った。

「それにしても亮吉さんも素直に政次を受け入れて、若親分と立てなさった。感心していますよ、今の若親分は八百亀さんを始めとした金座裏の手先衆の寛容なお気持ちがあればこそです」

「おりゃ、すねたこともなかったわけじゃない、なんだか尻がこそばいぜ。若親分にはそれだけの才があったということさ。おりゃ、手先の分を心得て、これからも縄張り内を走り回りますよ」

「えらい、それでこそ独楽鼠の亮吉さんだ」

と久蔵が持ち上げた。

「なんだか、今日はキビが悪いな」

と亮吉が言うところに女衆が茶に小大福を塗皿に二つずつ載せて運んできた。

「今日はこの風です。お客様もいつものようにはお見えになりませんでな、ゆっくりとしてお行きなさい」

と親蔵も言い、

「おふみさん、私と久蔵にも茶を下さいな」

と帳場格子から親蔵が出てきた。

「お言葉に甘えて頂戴しますぜ」

と亮吉が茶を啜《すす》り、

「さすがに松坂屋さんの茶だ、美味《うま》いや」

「亮吉さんがこの分なれば大丈夫ですな、久蔵」

と親蔵が久蔵に言いかけた。

小大福に手を伸ばしかけた亮吉が、

「えっ、なんぞおれの噂《うわさ》がこちらのお耳に入りましたかえ」

「いえね、湯治旅の供から外れた亮吉さんが気落ちしているんじゃないかと思ったものですからね」

「ば、番頭さん方、金座裏の独楽鼠の本分は手先ですよ。親分やご隠居方の湯治なぞ退屈でしょうがないや。まあ、連れはもっさりの広吉に任せてね、留守をこうして守っていますのさ」

と胸を張る亮吉に伝次がにやにやと笑い、

「兄い、そんな立派な了見とは知らなかったな」

と呟いた。

「うるせえ、伝次、黙ってろ」

と応じる亮吉に親蔵が、

「もう二十日が過ぎました。明日にもご一行が湯治旅から戻られても不思議ではありますまい」

「大番頭さん、おれの勘じゃあ、折角だからってんで、熱海に長逗留しているな」

「大晦日《おおみそか》も近い、そんなこともございますまいが、それならそれで先日のように江戸に戻られる湯治客に親分がその旨《むね》を託して知らせてきましょう」

親蔵の推測に頷いた亮吉が小大福に手を伸ばし、

「熱海か、どんな湯治場かねえ。おれ、行ったことねえよ。そいつをさ、広吉のやつがさ」

と思わず本音の籠《こも》った言葉を漏らして、親蔵も久蔵もにやにやと笑った。

「こっちのほうが亮吉さんらしゅうございますよ」

「えっ、おれ、なんか言いましたかえ」

と慌てた亮吉が、

「番頭さん方、おりゃ、いつまでも煩悩《ぼんのう》の塊だ。若親分とえれえ違いだ」

と今度は嘆息した。

「亮吉さん、最前自分の口から分という言葉を言われましたな。親分には親分の分があり、若親分には若親分の分がございます。また手先衆には手先衆の分とそれぞれ、相手の気持ちを慮《おもんぱか》りながら動かれるからこそ金座裏にございましょう。若い内は煩悩の塊くらいがちょうどいい。政次若親分は格別でした、この松坂屋の奉公でもね、過ぎるくらいに己を律してね、奉公しておりました。だれも真似できることじゃない。それが金座裏に移って花が開いたのです。亮吉さんはだれよりも若親分の気持ちを承知のお手先です、これからも若親分を頼みますよ」

と親蔵に願われた亮吉は、

「任せておきねえ」

と胸を叩いたものだ。

昼過ぎから吹き始めた木枯らしは夕暮れ前になって、ぱたりと止《や》んだ。

金座裏には町廻りから面々が戻ってきたが、縄張り内は平穏のようで、それを聞いた政次が、

「久しぶりに豊島屋さんに繰り出しますか」

と一同を誘った。そこで夕餉を少し遅らせて鎌倉河岸へと行くことにした。

龍閑橋《りゅうかん》に一同が差し掛かったとき、綱定《つなさだ》に彦四郎《ひこしろう》の猪牙舟《ちょきぶね》が戻ってくるのが見えた。

「彦四郎、仕事が終わったらよ、豊島屋に顔を出しねえ。若親分のおごりだよ」

と亮吉が大声を張り上げた。

「あいよ、お客人がいねえなら顔を覗かせるよ」

と彦四郎も応じて、一行は鎌倉河岸に入っていった。すると最前まで吹き荒れていた木枯らしが御堀端に落ち葉やごみを吹きたまらせていた。

「よ～お～～ん～やりょ～～お～」

「え～～ええぇお～～お～お～」

と寂《さ》びた木遣りの声が豊島屋から響いてきた。

「よ組の連中が町廻りを終わってすでに飲んでやがるぜ」

と亮吉が木遣りの声の面々を推量した。

この日、町火消の連中も風が強いというので町廻りをしたり、頭《かしら》の家に集まってな

にかあれば飛び出す仕度をしていた。だが、いい具合に風が収まったので豊島屋に顔を見せたようだ。

府内を十番組に分けていろはの、へ、ら、ひ、んに代わって万組、百組、千組、本組を加えて四十八の町火消があったが、鎌倉町を始め、永富町、鍛冶《かじ》町、多町、竪大工町などを一番組よ組が受け持っていた。

鍛冶町に家を構える鳶の頭の光三郎《こうざぶろう》だ。

亮吉が縄のれんをわけて豊島屋に入るとお菊《きく》が、

「いらっしゃいませ」

と声を張り上げ、

「なんだ、亮吉さんか」

「おれで悪かったな。今宵は若親分の露払いだ。金座裏のご一行様のお出ましだ」

と亮吉が声を張り上げると、間拍子の合間に、

「よう、どぶ鼠」

と梯子《はしご》持ちの雹助《ひょうすけ》が応じた。

「雹助、調子がくるってねえか。いいか、本歌はよ、こうだぜ」

と両手を広げて、

「めでたあ、めでたの若松さま〜よ」

とよ組の面々の木遣りを奪い、それによ組の面々が加わって見事に歌い納め、

「やあ〜〜さあ〜〜やぁ〜とよ」

と木遣りの声で〆た。

「どぶ鼠、木遣りは下手だがなんとなく一座を沸かせるところは、おめえならではの腕前と褒めておこうか」

「雹助に褒められてもうれしくもねえや」

亮吉と雹吉が掛け合う傍らで政次がよ組の頭に会釈をして、

「頭、風もおさまりようございました」

「若親分、親分の留守をしっかりと守っておられる、若いのに感心とだれも褒めてなさるぜ」

と光三郎が応じると、

「頭、いうのも愚かだが、傍らにほれ、諸葛孔明《しょかつこうめい》が控えていなさるからよ、若親分も安心していられるというわけよ」

「ほう、諸葛孔明ね、八百亀のことか」

「ちがうちがう」

「稲荷《いなり》の正太《しょうた》兄いか、それともだんご屋の三喜松《みきまつ》か」

「頭、他にいるだろうが」

「常丸《つねまる》はまだ居候《いそうろう》の身だし、左官屋、伝次、波太郎、とみてみたが、そんな軍師がいたかねえ」

「ちえっ、わざとおれの名を抜かすこともねえだろう」

「なに、おめえが金座裏の諸葛孔明だと、へそが茶を沸かすな、この話」

「沸かす沸かす」

とよ組の連中が和して、

「呆れたもんだ、どぶ鼠め、身のほどを弁《わきま》えないのにほどがあらあ」

とお喋《しゃべ》り駕籠《かご》屋の繁三《しげぞう》が大声を上げた。

「繁三、頰《ほお》べた張り倒されたいか」

と袖をまくったが小柄な亮吉では迫力に欠けた。

「亮吉、茶番はそこまでだ」

と八百亀が制止して、いつもの席に金座裏の面々が腰を落ち着けた。だが、その場にはいつも見かける清蔵の姿がなくて、なんとなく間延びがしていた。

　空の定席を見詰める政次によ組の頭が燗徳利を持参して、

「若親分、一杯受けてくんねえか、ちいと話もある」

と声を掛けてきた。すると心得た八百亀が、

「お菊、小上がりを借りるぜ」

と清蔵が上客しか座らせない三畳の小上がりを差した。

「は〜い、ご自由にお使い下さい」

とお菊が答え、光三郎が、

「八百亀、おめえも同席してくんな」

と願った。

小上がりに対面したよ組の頭がまず政次と八百亀の杯を満たし、八百亀が光三郎に酌をして、

「頂戴します」

と御用聞きの言葉とも思えない丁寧な政次の言葉で三人は温《ぬる》めの酒を呑《の》みほした。

「よ組に厄介ごとかえ」

「八百亀、そうじゃねえ。おれの縄張り内のことだ。とはいえ、その家から頼まれたわけではねえ。なんとなくここんところ暗い空気を察していてよ、気がかりではあったんだが、今日、風見舞いに立ち寄ったと思いねえ」

と話を進めた光三郎が、

「若親分、八百亀、いうには及ばねえが、得意様のことだ。できることならば内緒にしてえ」

「よ組の縄張りはうちの縄張りでもあらあ、心配しなさんな」

頷く光三郎の杯に八百亀が酒を注いだ。

「小柳町三丁目に筆を扱う老舗があるのを承知だな、八百亀」

「間口は狭いが奥行きの広い敷地で先祖は京から江戸に越してきた筆商山城屋《やましろや》惣左衛門《そうざえもん》方だな」

「八百亀、いかにもそうだ。山城屋は奥行きの深い反対側が一丁目に抜けてさ、そちらが職人たちが筆造りをする工房になっていらあ」

この界隈は大名家の上屋敷も近く、筆を必要とするお店もあったから、山城屋は代々の得意を持ってしっかりとした商いをしていた。

「おかね新道の脇だな」

「そうだ。山城屋の住まいは鰻《うなぎ》の寝床の真ん中に庭があってよ、庭を挟んで主三代九人が住んでいるんだ。筆職人は工房の中二階に住み込みの若い二人を省いて通いだ」

「山城屋の家族はおれも承知だ」

光三郎の応対は八百亀が務めた。八百亀の長屋は青物市場近くであり、小柳町もご町内と呼んでいいほどだった。

「先代が三年前に隠居して当代の惣左衛門さんが店を、先代の弟の保次郎《やすじろう》さんが作業場を仕切って筆造りと商いを分担しておられる、そんなことは八百亀も百も承知だろう」

よ組の頭は八百亀と掛け合いながら、若い政次に山城屋のことを説明していた。

「今日のことだ、山城屋の店を訪ねると、店は開いていたが番頭の俊蔵《しゅんぞう》さんの様子がどうもおかしいや。おれがどうしなさった、なんぞ厄介ごとならお申し付け下さいと願ったんだが、いいえ、これればかりは他人様《ひとさま》に頼める筋合いでもないので、しばらくそっとしておくれと答えるじゃないか。おれもさ、お節介とは思ったが、工房のほうに回ってみたが、こっちは休みだ。そこで通いの職人の正二《しょうじ》を紺屋町の裏長屋に訪ねたのさ」

「ほう、それでいたかえ」

「いいや、女房が神田堀へ釣りに出かけたというのでさ、行ってみたら、所在なげに釣り糸を垂れているじゃねえか」

神田堀は龍閑川の別名だ。

「正二は若い頃の悪さ仲間だ、主人家になんぞ災難が降りかかっているならばおれに話せ、悪いようにはしねえと脅すように聞くとよ、いや、おれたちも案じているがなにも聞かされていない。今朝、仕事に出たら、本日は休みだと保次郎さんに言われて長屋に帰ったという返事だ」

「ほう、たしかにおかしいな」

と八百亀が相槌を打った。

「おい、正二、真に知らねえか。いくらお店と工房が分かれているといっても武家屋敷ではあるまいし、なんぞ耳に入ってこようじゃねえかとよ、八百亀、おめえさん方の真似をしたんだ」

「正二がなんぞ答えたか」

「どうも当代の惣左衛門様の娘、五つになるお美々《みみ》の姿をここんところ見かけないというじゃねえか」

「拐《かどわ》かしか」

「その先は正二も知らねえそうだ。ともかくお美々が神隠しにあったか、拐かしか、姿を消したんだよ」

よ組の光三郎の話は終わった。

「頭、この話を承知なのはよ組にいるか」

「いや、おれだけだ」

八百亀が政次を見た。

「八百亀、なりを工夫して山城屋に入り込み、主かお美々の親に会いなされ」

政次が即座に命じて八百亀が頷くと小上がりから土間に下り、豊島屋の奥に姿を消した。

これが師走の騒ぎの始まりだった。

第五話　草履の片方

一

金座裏《きんざうら》では女衆が夕餉《ゆうげ》の仕度を終え、男衆の膳の焼魚の鰯《いわし》が冷え切ったころに政次《せいじ》らが戻ってきた。

「すまなかった、待たせたね」

と女衆に声をかけ、おみつとしほが留守の間、留守を仕切るたつが、

「ほれ、汁を温め直しておくれ、鰯はさあっと焼き直すんだよ」

と通いの女衆に命じて膳が整え直され、政次も一緒に台所で遅い夕餉を食することになった。

「八百亀《やおかめ》の兄いはどこへ行ったんだ」

とだれにいうともなく亮吉《りょうきち》が聞いたが、

「亮吉、八百亀が戻ってきてからのことだ」

と政次に言われて夕餉を食することに専念した。

政次らの食事が終わり、八百亀の膳部を残してさっぱり片付けられた。

だが、それでも八百亀が戻ってくる様子はなかった。

「長屋に戻ったんじゃないかね」

「亮吉、八百亀は必ず金座裏に戻ってくるよ」

政次の言葉どおりに四つ（午後十時）の時鐘が金座裏に届いた時分、格子戸が開く音がして亮吉らが玄関に飛び出していった。

「若親分、待たせてすまねえ」

と言いながら居間に入ってきた八百亀に亮吉が台所にすっとんでいき、燗徳利《かんどくり》をぶら下げてきた。片方の手には茶碗を持っている。

「兄い、腹も減ったろうがまず熱燗で一杯いきねえ、体が温まるぜ」

と茶碗を八百亀に持たせると、とくとくと熱燗の酒を注《つ》いだ。

「若親分、また木枯らしが吹き始めた、先方で待たされている間にすっかり体が冷えきっちまったよ」

と、くいっと茶碗酒を呑《の》み、

「亮吉のお蔭で人心地ついたぜ」

と礼を述べた。

「兄さん、やはり厄介ごとが生じてましたか」

「よ組の頭《かしら》の推量どおりでしたよ、娘のお美々《みみ》の姿が昨日の朝から消えている。だが、山城屋《やましろや》ではなんとしても外に漏らすまいとして頑《かたく》なに話そうとしないんだ。おれが番頭相手に脅したり、すかしたりしてさ、番頭も何度か奥にお伺いを立てたが、お美々は病を得て、知り合いの家に預けて保養をしております。この一件はわが家の話、町方の金座裏が首を突っ込むことじゃありませんとけんもほろろの返答でしてね。そこでわっしは番頭の俊蔵《しゅんぞう》に狙《ねら》いを定めて、なんとかきっかけでもつかめないかとこの刻限まで粘ってみた」

「兄さん、ご苦労でした。なんぞ分かったことがございますか」

「どうやら奥ではお美々の行方《ゆきがた》知れずに身内が絡んでいると考えているようで、外に漏らすと一族の恥、本家の京都に早飛脚《はやびきやく》を立ててお伺いを立てているそうな」

「ということはお美々の命は、すぐにどうのこうのではないのだね」

「へえ、奥はそう高をくくっている様子なんで。またわっしら町方が絡むと却《かえ》ってお美々の命が危うくなるとも考えている気配なんですよ」

「そいつは厄介だね」

と政次がしばらく思案した。

「八百亀、先方の奥が軟化してうちに事情を話すということは直《す》ぐにはありませんか」

「あの頑なな様子だと身内で話を付けようと京の指図を待ってますな」

「いくら早飛脚でも京往来は十数日はかかりましょう。その間、幼いお美々は怖い思いをしなきゃあいいが」

と政次はそのことを気にかけた。

「奥はお美々を拐《かどわ》かした人間に見当がついている。だからこそうちの力を借りようとしねえのでございますよ」

「お美々になにかなきゃあいいがね」

と険しい顔で案じた政次が、

「八百亀、遅くなったが夕餉を食べておくれ。亮吉、兄さんの膳をこちらに運んでおくれ」

と命じて亮吉と波太郎《なみたろう》が台所に飛んでいった。

八百亀は茶碗に残った酒をきゅっと飲み、伝次《でんじ》が、

「徳利に酒がまだ残ってまさあ。この分、兄さん、飲んでしまいなせえ」

と亮吉がおいていった徳利の酒を八百亀の空の茶碗に注いだ。

「私だけかね、なんだか嫌な予感がするんだけど」

「わっしもそうなんで。こんな騒ぎってのは、身内であればあるほど悲惨な結末で終わることがままありますさあ。このまま見逃していいものか」

「よし、明日の朝いちばんで髪結《かみゆい》の新三《しんざ》と旦那の源太《げんた》を呼んで、密《ひそ》かに山城屋の周りから調べさせましょうか。江戸に分家があるのかどうか、あるいは親戚筋がいるのかどうか。奥が預けたという知り合いを探るのは八百亀、うちの役目だ」

政次がいうところに亮吉と波太郎が膳と温め直した汁を運んできた。

「八百亀、夕餉を済ませて下さい。その間に皆に事情を話します」

と政次が命じて、よ組の頭から寄せられた危惧《きぐ》の相手が、小柳町三丁目の筆商山城屋惣左衛門《そうざえもん》方の娘であることを告げた。

「山城屋の話か。あそこはさ、一丁目側を先代が買い増したのでよ、鰻《うなぎ》の寝床のように奥が深くてさ、お店《たな》と工房が背中合わせにあるんだよ」

と亮吉が知識を披露した。

「亮吉、餓鬼の時分、お店から作業場へと通りぬけて叱《しか》られたことがあったね」

「あったあった、たしかに間口は狭いが三和土《たたき》廊下が曲がりうねうねと伸びてよ、敷地の真ん中近辺に竈《かまど》が並んでいたよな」

と亮吉が思い出した。

「さあて、なんぞ思い出すことはないか」

「なんぞあったかな」

「山城屋にはお店の番頭さんより怖い男衆がいなかったか」

「あっ、いたいた。たしか筆職人の下働きで筆の柄なんぞを誂《あつら》えていやがった。職人仲間から下に見られていたせいか、近所の悪がきには手荒く怒鳴ったりさ、時に竹棒持って追いかけてきたこともあらあ」

「元《げん》さんと呼ばれていたと覚えているが、未《ま》だ山城屋に奉公していますか」

「小柳町にはいないな。なんでも山城屋は、源森《げんもり》川に筆に使う竹ばかりを加工する作業場を持っているとか、元さんはそっちに居るって話だがね」

「よし、源森川の作業場は後回しにして、亮吉、おまえさんの顔の広いところで小柳町界隈《かいわい》の聞き込みをしておくれ」

「合点だ」

と請け合ったとき、八百亀が箸《はし》の手を休めて、

「若親分、明日あたり親分の一行が戻ってきそうな感じだが、だれか迎えに出さなく

ていかね」

と言い出した。

「私もそうは思っていましたが、山城屋の一件を知った以上、こちらに力を注《そそ》ぐのが金座裏の仕事でしょう。もし山城屋の一件を見過ごしにして迎えに出たら、親分がどう申されますかね」

「まあ、御用専一になぜ動かなかったと叱られましょうな」

「親分がおられるのです、無事に戻ってきますよ」

と政次が御用を優先させることを告げた。その上で、

「八百亀、寺坂《てらさか》様のお耳には入れておこうと思いますが、どうですね」

「それがよろしいかと存じます」

「ならば八丁堀に私が伺おう」

と明日の手順が決まった。

この日、宗五郎《そうごろう》の一行は神奈川宿に泊まっていた。

熱海を出立する朝、今井半太夫《いまいはんだゆう》が一行を船で小田原城下御幸《みゆき》ノ浜《はま》まで送らせるため、例の早船を湊《みなと》に用意させていた。ために一行が東海道を江戸に向かって歩き出したの

は小田原城下からで、刻限は五つ（午前八時）前のことだった。

この日は藤沢宿泊まり、帰路二日目は神奈川宿に日が高い内に到着した。

三日目、神奈川宿を七つ半（午前五時）に出て、川崎二里半、こちらで早めの昼餉、名物の菜飯《なめし》を食して六郷の渡しに乗り、二里半先の品川宿を目指すのだ。

「親分、若親分が迎えに出ているよな」

と広吉《こうきち》が前夜、神奈川宿で寝床に就く前に聞いたものだ。

宗五郎が寝る前の一服を楽しんでいたが、

「まあ御用次第だな」

と応じて灰皿にがん首を叩《たた》きつけた。

「うちはだめでも豊島屋《としまや》さんと松坂屋《まつざかや》さんは迎えが出よう」

「こたびの品川入りは隠居方と相談して江戸に知らせてねえ。どこも奉公人を割いて迎えに人を出したのでは御用に差し支《つか》えよう。隠居方もそのことを望んでおられないのでね」

「じゃあ、最後の最後までおれたち十人の道中だね」

「ああ、総じて道中は最初か最後に騒ぎがおこる。広吉、気を引き締めて江戸入りしようか」

へえ、と答えた広吉が忠三郎《ちゅうざぶろう》と庄太《しょうた》の待つ部屋に戻った。

「おまえさん、なんとなくこたびの湯治でさ、子宝が授かるような気がしてね」

「おみつ、おめえがやきもきしてどうする。そおっと若夫婦を見守るのが親の務めだ」

「それは分かっているんだけどね」

「それ以上はお節介というものだ」

宗五郎の言葉におみつの返答はなかった。だが、間をおいて、

「箱根、熱海と贅沢三昧《ぜいたくざんまい》させてもらったけどね、明日には江戸と思うと心が浮き浮きするよ」

というと布団を首まで被《かぶ》った。

翌朝、政次は一人八丁堀の寺坂毅一郎《きいちろう》の役宅を訪ねた。北町奉行所に出勤する前の刻限で、小者《こもの》の当吉《とうきち》が玄関先で寺坂の出を待っていた。

「おや、若親分、おはようございます」

「当吉さん、ご苦労に存じます」

という玄関先の会話が奥まで届いたか、寺坂が刀を下げて姿を見せた。妻の伊代《いよ》が

従っている。

「ご新造様、お早うございます」

「若親分こそ、朝早くからご苦労ですね」

と伊代が政次に言葉を返した。

「若親分、自らとは珍しいな、なんぞ騒ぎか」

「いえ、町方が関わることを先方が拒んでおりますので、寺坂様のお耳にだけは入れておこうと存じましてね、私が参りました」

「上がるかえ」

「いえ、奉行所への道すがらお話し申します」

「当吉、先に奉行所に行け」

と小者に命じた寺坂と政次は間をおいて、伊代に見送られて寺坂の役宅の冠木門《かぶきもん》を出た。

「厄介そうだな」

「小柳町三丁目の筆商山城屋の五歳の娘が三日前から姿を消しましたそうな。山城屋に問い合わせると、病の保養に知り合いの家に預けてある、町方が首を突っ込む話じゃないと、八百亀がけんもほろろの応対を受けてきたんでございますよ」

と前置きして、知りうる限りの情報と今朝方からの手配りを寺坂に話し、

「いささかお節介に過ぎましたか、寺坂様」

と尋ねた。

「いや、おれにも嫌な感じがする、何事もなくお美々が山城屋に戻ってくればいいがな。あの山城屋な、昔から町方が出入りするのを嫌うお店でな、京の出のせいか、おれたちを信じてないのよ」

「三徳《さんとく》といい、こたびといい、どうも私どもと折り合いの悪い騒ぎが続きますね」

と政次も苦笑いした。

「三徳からなんの挨拶《あいさつ》もないかえ」

「寺坂様がお断りになったんで、三徳でもうちに来るのを迷っているんじゃございませんか」

「なんでも銭で事が済むと思っていることが疎《うと》ましいや。おれのところも先祖からの出入りで盆暮れになにがしかの付け届けがくるがな、それは長い付き合いがあって、お互いがそれでよしという信頼関係が成り立っているからだ」

「寺坂様の生き方が珍しいということでございますよ」

と政次が答えたとき、西河岸町をほぼ抜けて一石橋《いちこく》の袂《たもと》にきていた。

御堀の向こうに北町奉行所が見える。

「若親分、赤坂田町《たまち》の朝稽古《げいこ》もいけめえ」

「親分が今日にも戻ってこられるような気がします。そうなればまた無理を願うつもりです」

首肯《しゆこう》した寺坂が、

「山城屋の一件だが、おれもなんぞ思案してみよう。どうもすっきりとしねえからな」

と言い残すと呉服橋へと向かって行った。政次はそれを見送り、一石橋を渡った。

「若親分」

と彦四郎《ひこしろう》の声が水上からした。

日本橋の方角から一石橋へと猪牙舟《ちよきぶね》が漕ぎ上がってきていたが、客は乗っていなかった。

「龍閑橋に戻るところだ、乗らないかえ」

と彦四郎が誘った。

金座裏はすぐそばだ。猪牙舟に乗るより歩いた方が早い。

「乗せてもらおう」

政次は北鞘町《きたさや》河岸に下りて彦四郎の舟に飛んだ。

「なんぞ話がありそうだな、彦四郎」

彦四郎は猪牙舟を出す気はないらしく、棹《さお》を川底に立て舫《もや》い綱を打った。

「小柳町の筆屋の一件で動いているって」

「亮吉に聞いたか」

「いや、昨夜、若親分ご一行が金座裏に戻った後におれが豊島屋に顔出ししたのよ。それでなんとなく繁三《しげぞう》なんぞから、よ組の頭と話し合ったあと、酒も飲まずに八百亀がそおっと店の裏口から姿を消したと聞いてさ、山城屋の一件かなと思ったのさ」

「彦四郎、それだけのことで山城屋の一件と決めつけるにはいささか無理があろう。だれに山城屋に八百亀が行ったと聞いたのだ」

ふっふっふ
と笑った彦四郎が、

「そいつを言わねえといけねえか」

「山城屋が頑なに町方に探られたくないと思う一件だ、聞いておこうか」

「勝手口を抜けて鎌倉町の路地に裏口から抜けようとした八百亀が、山城屋か、と呟《つぶや》いたのをお菊《きく》ちゃんが小耳に挟んでいたのよ。どっちにも悪気があってのことじゃない。八百亀の兄いもまさかお菊ちゃんが井戸端にいたとは知らなかったろうよ」

頷《うなず》いた政次がさらに問うた。

「彦四郎が私を引き止めた理由を聞こうか」

「山城屋な、小柳町三丁目が筆屋で、一丁目側が作業場だな」

「私たちの餓鬼のころから、いかにもそうだったな」

「ここんところ、お店の主《あるじ》の惣左衛門さんと作業場の頭分で、叔父《おじ》の保次郎《やすじろう》さんが口を利かないってことを承知か」

「いや、知らないな。なぜですね」

「きっかけは作業場ではあれこれと工夫した新規の筆を売り出したい、ところがお店ではこれまでどおりの京以来の筆を商い続けたいというので対立したそうな。お店の主と職人頭では話にもならないが、保次郎さんは先代の次弟だ、ということは惣左衛門様は保次郎さんの甥《おい》だ、遠慮がねえや。そんなことがきっかけで保次郎さんは職人衆を連れて小柳町を出て、どこぞに筆屋を開くだの、開かせないだのの諍《いさか》いになっているとか、いないとか。ここんとこ、山城屋のお店の前を通るとよ、運気が下がっているように見えたのは、おれだけか」

「驚いたな」

「老舗にはよくある話じゃないか」

「いや、彦四郎の物知りにだよ」

「おれは船頭だぜ、客の話が勝手に飛び込んでくらあ。当代の惣左衛門様は叔父が小柳町を出るならば一人で出よ、職人衆はお店の財産だ、と突っぱねたそうな。保次郎さんは保次郎さんで暖簾《のれん》わけの金子《きんす》を出せと、いよいよ骨肉の争いになっているという話だぜ。なにが起こったか知らないが、山城屋にはこんな内情があるのよ」

「彦四郎、助かった。山城屋が私たちに口を挟まれたくない筈《はず》だ。甥と叔父の諍いが、もしも娘のお美々の拐かしを引き起こしたとしたらね」

「なにっ、お美々が拐かしにあったのか」

「そういうことなんだ」

「若親分、なんとなくその辺がきな臭くないか」

「臭《にお》うね」

と答えた政次が、

「彦四郎、山城屋の柄を作る作業場が源森川にあると聞くが知らないか」

「元があちらの親方だそうな、出世したものだぜ。訪ねるかえ」

「お願いしよう」

と願うと彦四郎が棹を川底から抜き、舫い綱を解くと、政次が北鞘河岸の石垣を、
ぐいっ
と手で押した。

二

「元さんって呼ばれていた男衆の名を彦四郎は承知かい」

と日本橋川の鎧《よろい》ノ渡しを横切ったとき、政次が彦四郎に聞いた。

「先代の番頭にさ、時に元八《げんぱち》っていわれていたような記憶があるぜ」

「源森川に元八が行かされたのは、先代から今の惣左衛門様に代わったころかな」

政次一家は、すでにむじな長屋を出ていたし、政次自身も松坂屋に奉公に入っていた。この界隈の様子に詳しいのは亮吉か彦四郎だった。

「そんな頃合いかねえ。元八は川向こうに行かされるのをだいぶ嫌がったという話だぜ」

「彦四郎はなんでも承知だ」

「船頭は早耳大耳、雑多な話がかってに舞い込んでくるんだよ。だがな、若親分、元八についちゃ、偶《たま》さか客を送って源森川に行ったときにさ、女客が大荷物だ。それで

おれが荷を持ってお客の家まで送っていったと思いねえ」

「彦四郎は昔から女子供《こども》に格別に親切だったものな」

「下心はねえぜ、ばあ様だもの」

　と彦四郎が笑った。

「彦四郎の親切がこうして事件を陰で進展させているんだ。親分が戻ってこられたら話しておこう」

「おりゃ、金座裏の手先じゃないよ。親分に褒められてもな」

　猪牙舟はすでに大川に出て、上流へと漕ぎ上がっていた。

　六尺を優に超えた彦四郎の櫓《ろ》さばきは一見ゆったりしているようで、船足はどの船にも負けず、ぐいぐいと進んでいった。

「今日あたり親分ご一行が江戸に戻ってこられるんじゃないか」

「私もそう思っているんだがね、この騒ぎが起こったし、お美々に何事かあっては一大事だ。六郷の渡しどころか品川までも出迎えに行けないね」

「おれが暇ならひとっ走りいってもいいがさ、師走《しわす》の船宿は忙しいのが毎年の例だ。いつも客が待っているんでな」

「いや、松坂屋さんからも豊島屋さんからも出迎えを出そうかとうちに打診があったがね、親分一行には忠三郎さんに広吉、庄太と若い連中が同行している。無理に奉公人を割いてまで、出迎えにいくことはありますまいとお断りしたところだよ」

「親分も御用があるのに迎えなんぞ出たら、却って怒りそうだものな」

「いかにも御用専一が私どもの務めだからね」

と政次が答え、彦四郎が話を元にもどした。

「元八のことだがな、中ノ郷瓦町《なかごうかわらまち》にさ、源森川と並行するように堀が走っているのを若親分、承知かえ」

「たしか北割下水《きたわりげすい》のほうから中ノ郷横川町を南北に貫いて瓦町に曲がる堀ではなかったかな」

「それだ。猪牙舟でも入れないことはねえが、先に行くと戻るに戻れず艫《とも》から後ろ下がりにするしか手はない。あの堀に入るのは百姓舟のような小舟ばかりだ。その堀に土橋が架かっていてね、瓦を焼く作業場の隣で元八を見かけたんだよ。そしたらよ、おれたちが餓鬼の頃に怖かった顔そのままに、おれの面《つら》をじろりと見て、おや、彦四郎さんか、とさん付で呼びやがった。おれは驚いたね」

「元八も大人になったということか」

「かもしれねえ。だがよ、おれたちが餓鬼のころは元八はがっちりとした体付きの大男と思っていたがさ、今見ると五尺三、四寸の並みの体格だ。こっちは六尺を越えた大男に育っちまったよ。体を見て、急にさんをつけたんじゃねえか。根性は昔と変わりないと思うがね」

「作業場に入ったかい」

「いや、通りから覗《のぞ》いただけだ。なにしろ猪牙を放りっぱなしだからな。だが、竹束を元八が担ぎこんでいたからさ、作業場はあの家に間違いないよ」

と彦四郎が言い切った。

話をしている間にも猪牙舟はいつしか吾妻《あづま》橋を潜《くぐ》り、越前福井藩の下屋敷と水戸藩徳川家の蔵屋敷の間に口を開いた源森川に入っていった。

舟が源森橋の下を抜けて、次の橋が見えたとき、土手に子供たちの姿があって、釣り糸を垂れていた。

彦四郎はその橋際に猪牙舟を寄せ、

「釣りの邪魔をして悪いな、おれの舟を見ていてくれないか。あとで飴玉《あめだま》代をやるからよ」

「でっけえ兄さんだな、舟に乗って釣りしていいかい」

「悪さしないならいいよ」

わあっ、と歓声を上げた子供たちが土手から舟に乗り移ってきた。

胴の間から政次が立ち上がると子供たちが身を竦《すく》ませて、彦四郎と政次を互いに見比べ、

「驚いたぜ、二人して鍾馗《しょうき》様か仁王様のようにでっけえぜ」

と驚いた。鎌倉河岸界隈で、

「関羽《かんう》と張飛《ちょうひ》」

と呼ばれている二人だ。

子供の眼にはそう映ったとしても不思議ではなかろう。

「猪牙をしっかり守っておくれ、彦四郎が言ったようにお小遣いを上げますからね」

と政次が子供にも丁寧な言葉遣いでいうと、猪牙舟の船べりを跨《また》いで土手にかろやかに飛んだ。羽織の裾《すそ》が揺れて、紫房の付いた金流しの十手《じって》が覗いた。すると子供たちが、
ごくり
と息を呑んだ。

「悪いことをしてなきゃあ、怯《おび》えることはねえさ。金座裏の若親分さんだよ」

と彦四郎がいうと棹と舫い綱で猪牙舟を止めた。

「若親分、舟はしっかりと守っているよ」

子供の声に見送られて二人は中ノ郷瓦町を南に入っていった。すると堀幅二間《けん》ほどの流れが見えて土橋が架かっていた。

この界隈は昔から瓦を焼く作業場が多い。

山城屋もそんな瓦屋の一軒を買いとって、筆の柄の下ごしらえをする作業場に改装したようだった。

中ノ郷瓦町を東から西に抜ける堀の橋際の作業場の敷地は広く、三人の職人がお喋《しやべ》りしながら竹筆を作っていた。そのうちの一人は煙管《キセル》を片手に煙草《タバコ》を吹かしていた。

「元八さんはいるかえ」

と彦四郎が職人に声をかけた。

「親方に用事なら出直すことだな」

煙草を吸っていた職人が二人をよく見もせず応じた。

「でかけているのか」

「ああ、法事でよ、国に帰っていらあ」

「いつからだ」

「四日前からだ」

「四日前だと」

と彦四郎が応じて政次を振り見た。

「おまえさん方、何者だ」

ともう一人の職人が尋ねた。

「おめえらも金座裏の金流しの親分のことは耳にしたことくらいあろう。十代目になる若親分の到来だ。性根すえて答えねえ」

と彦四郎が手先もどきに前座を務めた。

「金座裏の政次です」

との挨拶に職人三人の顔が凍りついた。

「いえね、なにも悪いことをしない者が金座裏の名に怯えることもございませんよ。元八親方のお国とはどちらですね」

「国に戻る、江戸に帰るのは四、五日後だと言い残しただけなんで」

「国がどこか言い残さなかったんですね。小柳町のお店にはむろん伝えてございましょうな」

「大親方の保次郎さんが見えたあとに国に戻るという話が元八親方の口から出たんだ。大親方を通じて、お店には伝わっていましょうよ」

と煙草の職人が答えた。

「この作業場が出来たのはいつですね」

「寛政六、七年のことだな、相棒」

「おうさ、七年前のことだぜ」

「元八さんが作業場の頭に就いたのですね」

「いや、最初は保次郎大親方がこちらの作業場の頭も兼ねてさ、三日に一度くらい顔だししていたっけ。そのうち二つの作業場の面倒を見るのは大変てんで、元八さんが名ばかりの親方になり、保次郎大親方が一月に一度見回りにくるようになったんだ」

「元八は名ばかりの親方かえ」

と彦四郎が尋ねた。

「あのうすら馬鹿が親方なんて、ちゃんちゃらおかしいぜ」

と煙草の職人が口調を変えて答えたものだ。

「仮にもおまえさん方の頭分ですよ」

「若親分、そうはいうがね、あいつになにも読み書き算盤《そろばん》を求めちゃいない。だけど、瓦焼き職人だったおれたちをがみがみと怒鳴るばかりでよ、竹のことなんてなにも知っちゃいないんですよ。わっしらは保次郎大親方から仕事を習ったんですからね」

「山城屋はなぜ才もない元八をこちらの親方に命じたのでしょうかね」

「お店が命じたかどうかは知らないや。だって山城屋さんの主はむろんのこと、番頭だってここに顔を見せたことがないもの。手代が急ぎの注文に柄を探しにくるくらいですよ」

「ほう、すると親方と呼ぶように命じたのは元八当人ですか」

「いや、保次郎の大親方がわっしらの前でこれからは元八が中ノ郷瓦町の頭だと言いなさったんで」

「いつのことですね」

「二年も前のことかね。あいつ、それから一段と激しく、おれたちを怒鳴ったり、意地悪したりするようになったんだ」

と竹筆の穂先を小刀で削っていた職人がいった。

「こちらは筆の柄を拵《こしら》えているものとばかり思っていましたが、竹筆も作っているんですか」

「大親方がこれからは筆屋も昔ながらにお武家やお店だけを相手にしていてもいけねえ。職人だって読み書きくらいできないと頭になれないご時世だ。高い筆ばかりじゃなく、安い筆も作るてんで竹筆や土産物《みやげ》の筆の拵え方をわっしらに教えたんだよ」

と煙草が言い、

「元八がいちばん竹筆造りも覚えきれなかったな、それが親方だと」

とそれまで黙っていた年寄りの職人が吐き捨てた。

「この竹筆、小柳町の山城屋では売られておりませんでしたよ」

「若親分、浅草広小路の筆屋が買いにくるんだ、浅草寺《せんそうじ》に見物にきた在所の人間が買っていく代物《しろもの》だよ」

と竹筆の穂先を削る職人が言った。

「京から出た老舗の山城屋が、江戸見物の人間が土産に購《あがな》う竹筆造りをよう許しましたね」

三人の職人が顔を見合わせた。

「どうしたえ、知っていることがあれば若親分に申し上げるんだぜ」

「いえね、どうやらこの竹筆造り、大親方の考えらしく、お店では承知してねえ様子なんだ。手代が訪ねてくる前なんて、大親方から知らせが入るとよ、元八の慌てふためきぶりってないもの、おれたちに急いで竹筆や土産物の筆を隠させて、いかにも山城屋用の柄の下拵えをしていたように装わせるのさ」

政次はおよその筋書きが摑《つか》めたと思った。

「五、六歳の娘がこちらに匿《かくま》われていたり、だれかが連れてきたりしたことはありませんか」

「見てのとおり、瓦を焼く作業場を改装したのだ。幼い娘が匿われるようなところじゃねえもの、見たこともないよ、若親分」

「おまえ様方は通いですね」

政次の問いに三人が頷いた。

「元八の住まいはどこですね」

「元八だけが作業場の別棟に暮らしておりますよ」

と煙草の職人が作業場の裏手を差した。

政次と彦四郎は、作業場の裏口から庭に出てみた。

敷地の南側に瓦を焼く窯の跡が残っていて、その隣りに小屋が建っていたが、戸にはしっかりと錠前が下りていた。

「戸を破るかえ」

と彦四郎が聞いた。

「ちょいと乱暴だね」

と答えた政次が小屋の周りを調べるように裏手に回ると彦四郎も従ってきた。三間四方の小屋には東に面して戸が下りていて、こちらも中からがっちりと閂《かんぬき》が下りていた。

一回りした二人は窯の前に足を止めた。

瓦を焼く窯の戸口が壊れかけて窯の内部が見えた。筵《むしろ》が敷いてあり、物置き代わりにでも使われているのか。

政次はしゃがんで内部を覗いた。すると窯の隅の暗がりに赤い色が見えた。

「なんだろう、彦四郎」

彦四郎が窯を覗き込み、

「鼻緒だぜ」

というとがさごそと四つん這《ば》いになって窯に入り、赤い鼻緒の草履《ぞうり》の片方を摑んで政次のもとに戻ってきた。

光の下で見る草履はこの界隈の子供が履く代物ではなかった。

「若親分、まだ新しいぜ。こいつはお美々の草履の片方じゃないか」

「とするとお美々が一時この窯に匿われていたことになるな」

「やっぱりよ、野郎の小屋に押し入ろうぜ」

彦四郎の再度の言葉に政次が頷いた。

山城屋の竹を扱う作業場の親方である元八の小屋はさっぱりと片付けられていた。竈の中に薪《まき》の燃え残りと灰が残っていた。その他はどこもきれいに片づけられ、板の間に夜具《やぐ》が積まれているくらいで、金目のものは残されていなかった。

「野郎、お美々を連れて逃げやがったかな」

彦四郎の呟きに政次は答えなかった。彦四郎から受け取った草履を手拭《てぬぐ》いに包むと懐に入れ、再び作業場に引き返した。

「親方の小屋になんぞあったか」

と年寄りの職人が聞いた。

「さっぱりとしたものでしたよ」

と答える政次に、

「若親分、一体全体なにが山城屋で起こったんだい」

と煙草の職人が問うた。

「まだ分からないんでございますよ」

「分からないで探索かえ」

「私どもの御用にはそんなこともございましてね。ところで浅草広小路で竹筆やら土産物の筆を卸す店はどこですね」

「雷御門前の筑波屋《つくばや》といったかな、なんでもそんな店だそうだ。もっとも確かめたわけではないがね」

と煙草の職人が答え、

「仕事の邪魔をしましたね」

「なあに、あいつのいない時が命の洗濯だ」

という返事が返ってきた。

猪牙舟に戻ると猪牙舟に六、七人の子供が乗り込み、釣りどころか舟を揺らして大騒ぎしていた。そんな中には幼い娘もいた。

政次が娘の履物を見ると婆様が作ったらしい藁《わら》草履で素足に履いていた。

「こらこら、だれが舟を揺らしていいと言ったな」

と彦四郎が叫ぶと、

「ひえっ、仁王様に見つかった」

と釣りをしていた餓鬼の一人が言い、

「飴玉代はなしか」

とがっかりした顔をした。

「まあ、おめえらに大人しくしていろと言ったところで無理なことだ。ほれ、並べ」

と彦四郎と政次が幼い子を抱き上げては土手に移し、並ばせると長命寺《ちようめいじ》名物の桜餅《さくらもち》が一つ買える四文を一人ずつに渡した。

「彦四郎、手先でもないのに散財をかけたな」

「二八蕎麦《そば》が二杯食えるかどうかの銭だ、散財もあるものか」

と言いながら猪牙舟の舫いを解いた彦四郎が、

「吾妻橋際に着ければいいな」

と舟を出した。


その夕暮れ、彦四郎が金座裏の格子戸を押し開いたとき、

「ご苦労様、お帰りなさい。あら、彦四郎さんだったの」

としほが玄関先に姿を見せて、がっかりとした顔をした。

「しほちゃん、若親分でなくて悪いな」

と彦四郎が応じる声に八百亀が玄関に現れた。

「八百亀の兄い、若親分からの言付けだ」

「彦四郎が若親分と一緒だったか」

「偶《たま》さか一石橋で一緒になってな、川向こうに出張っていたんだ。山城屋の一件、今

晩が山場だ。助けがほしいとよ、それでおれだけが知らせに戻ってきたんだ。保次郎を釣り出したいんだが、湯治組が戻ってきたんなら豊島屋の庄太を借りられねえかね」

「若親分はどこにいなさる」

「小柳町一丁目の作業場を見張ってなさる」

奥から大勢の笑い声が響き、どうやら箱根、熱海の湯治一行全員が金座裏に戻ってきた様子で、豊島屋の田楽《でんがく》の匂《にお》いが玄関先まで漂ってきた。

「小柳町はご町内のようなものだ。庄太じゃ、顔が知られていねえともかぎらねえ。いい呼び出しがいるぜ」

と八百亀が請け合った。

三

半刻後、小柳町一丁目と三丁目組に分かれて金座裏の面々が山城屋の表裏を見張る中、一丁目側の作業場の戸口前に下っ引きの旦那の源太のお供、小僧の弥一《やいち》が立って、潜り戸を叩いた。

刻限は五つ（午後八時）過ぎだ。

「だれだ、お店も作業場も休みだよ」

と住み込みの職人の声がして弥一が、

「浅草からの使いだよ、親方の保次郎さんに届けものを頼まれたんです。早く帰らないとお店から締め出しを食っちまうよ。臆病窓でいいからさ、早く開けてよ」

と弥一がそれらしく懇願し、臆病窓が仕方なくといった感じで開いた。すると弥一が、

「これを保次郎さんにだって」

と布包みを臆病窓に差し出すと職人が受け取り、

「待ちな、親方に尋ねるからよ」

「だめだよ、番頭さんに叱られるよ」

「おまえはどこの小僧だ」

「広小路の筑波屋だよ、行くよ」

と弥一がばたばたと草履の音をさせて山城屋の作業場前から姿を消した。

臆病窓が閉まり、静けさが戻った。

しばらく動きはなかった。

が、突然、潜り戸が開くと保次郎が布包みを手に姿を見せ、辺りを見廻した。だが、

往来にはもはや人影はない、今晩も冷たい北風が吹き始めた江戸の夜だった。

保次郎は手にした布包みをしばらく見ていたが結び目を解《ほど》いた。すると作業場の中からの灯りに赤い鼻緒の草履が見えた。

「ひえっ」

と小さな悲鳴を漏らした保次郎は、

「まさかお美々の草履ではあるまいな」

と自らに問うように見ていたが慌てて懐に隠した。そして、また懐から出してじいっと草履に視線を落としていた。しばらく思案の体《てい》の保次郎が潜り戸に姿を消した。

「さあて、引っかかるかねえ」

と彦四郎がまるで金座裏の手先みたいに呟き、

「必ず動きますよ。彦四郎、表組を猪牙に乗せて、浅草寺老女弁才天裏の北馬道町《きたうまみち》に先行しておくれ」

「合点だ」

と三丁目の通りに向かって走り出した。

一丁目の軒下の暗がりに残ったのは政次と八百亀と弥一だけだ。

「弥一、今晩は徹夜になるかもしれねえぜ。ここから金座裏に独りで帰れるだろう、帰りな。旦那の源太が待っていらあ、酔い潰《つぶ》れてなきゃあいいがな」

「八百亀の兄さん、最後まで付き合うよ。だって、あいつのあとを尾《つ》けるんだろう。小さな体のおれがさ、あいつに最後までへばりついてみせるよ。若親分と八百亀の兄さんはおれを見失わなきゃあ、あいつが訪ねるところに連れていってやるよ。おれ、人に気取《けど》られずに尾けるのは得意なんだよ」

と弥一が二人に願った。

「どうしたもので、若親分」

「弥一にはなんぞ下心がありそうな、そのときはやらせてみますか」

と政次が許しを与えて、よし、と弥一が張り切った。

時が四半刻、半刻と過ぎた。

「弥一、おめえの魂胆はなんだ」

退屈を紛らすためか、八百亀が聞いた。

「おれ、体がそれなりに大きくなってさ、もう下っ引きの小僧って柄《がら》じゃないよ。そろそろ金座裏の手先にしてくれないかな」

「それを知ったら旦那の源太が哀しもうぜ」

「旦那には話してあるんだ」

「旦那はなんと言ったえ」

「おまえがそう望むならって。旦那はそろそろ下っ引きを辞めて、在所に引っ籠《こも》りたいんだと」

「源太兄さんがそう願っているのなら親分に話を通しておきますよ」

と政次が受けたとき、潜り戸が静かに開き、保次郎が忍びやかに姿を見せた。

保次郎はしばらく辺りを窺《うかが》い、神田川の筋違《すじかい》橋御門の東側に出た。神田川右岸をさらに一つ下流に架かる和泉《いずみ》橋まで下って、橋を渡った。

そのあとを弥一が闇から闇を上手に伝いながら尾行をして、さらにその半丁あとを政次と八百亀が進んでいった。

和泉橋で向柳原《むこうやなぎわら》の河岸道に渡った保次郎は、ひたひたと新シ《あたら》橋まで下り、下谷《したや》へと足を向けた。

向柳原、三味線堀、下谷七軒町、稲荷町横丁、さらには寺町を抜けた保次郎は、振り向きもせずにひたすら先に進み、新寺町通りを東に向かい、崇福寺の角を鉤《かぎ》の手に曲がって、広小路へと出た。

この新寺町通りから広小路、さらには御蔵前通りは、死罪人の市中引廻し順路だ。

保次郎は先を急ぐようで一度も後ろを振り返ることなく、広小路の雷御門を潜った。

仲見世の東側を北上して、浅草新町で曲がって老女弁才天横から北馬道に抜けた。

保次郎が山城屋に内緒で竹筆や安い筆を卸すという筑波屋は、政次に、

「保次郎さんですか。北馬道町に作業場と住まいを兼ねた家を借りうけたそうですがね、どこだかまだ聞かされてないんですよ」

と答えたものだ。

そこで政次は、中ノ郷瓦町の作業場の窯の中で見つけたお美々のものと思える草履を使って、保次郎を北馬道まで誘い出そうと試みたのだ。

どうやら、これまでのところ政次の読みどおりだった。

北馬道町は浅草寺脇に南北に伸びる馬道沿いの町内だ。

政次と八百亀が通りに出ると弥一がきょろきょろとしていた。どうやら保次郎の姿を見失ったようだ。

八百亀が舌打ちした。

だが、通りに亮吉が姿を見せて、おいでおいでをした。弥一がほっと胸を撫《な》でおろした様子で政次らのほうを振り向いた。

「ご苦労だったね」

と政次が弥一を労《ねぎら》った。

「若親分、最後にきて焦っちゃったよ。亮吉さんに救われたぜ」

と一人前の手先のように漏らし、三人は亮吉に合流した。

「見当がついたんだね」

「おれたちが北馬道町に着いたときさ、偶然にも元八の野郎が空の丼を二つ持ってさ、二八そばを呼びとめて、そばを注文するのを見かけたんだよ。あいつらの隠れ家は自性院の塀に接した、庭に囲まれた小さな一軒家だ」

「お美々は匿われている様子ですか」

「そこまで近づいてないんだ。お美々の命に障ってもいけねえや、踏み込むときは若親分が来なさって一気がいいと思ったからね」

「よう我慢したね、亮吉」

と政次が亮吉を褒め、

「そばを二杯注文したところを見ると、一つはお美々の分だろうぜ」

と八百亀が応じた。

四人は北馬道町の路地に入っていった。すると片開きの木戸があって、その前の暗がりに常丸《つねまる》ら金座裏の面々が控えていた。

「中の様子はどうですね」

「保次郎が元八を怒鳴りつける声がしたあとは、えらく静かでさあ」

とだんご屋の三喜松《みきまつ》が政次の問いに答えた。

「お美々の身が気になります、踏み込みましょう」

と政次が決断し、金座裏の面々が片開きの木戸を押し開き、灯《あか》りが狭い庭に漏れる家の表と裏を固めた。

表組の政次が背中の金流しの十手を抜くと、静かに振った。すると玄関戸を持ち上げるように亮吉と伝次が外し、政次が敷居を跨いだ。

奥から声が響いてきた。

「じゃあ、一体だれがお美々の草履をおれに届けたというんだよ、元八」

保次郎の声だ。

「だからよ、おれはなにも知らないって。おれは小僧に使いなど頼んでないしさ、でえいちこれがお美々の草履だって知らないもの」

と間延びした声が保次郎の切迫した声に応じた。

「大方、中ノ郷瓦町の窯の中に一晩閉じ込めておいたときに脱げ落ちたんだろうよ。だれがこいつを見つけて、届けるなんてふざけた真似《まね》をしやがったか」

「保次郎さんよ、旦那はお美々の身と引き換えに、金をくれると言ったんだろうね」

「本家がようやくその気になりかけたところだ、あとは金子の額だ。ここにきて、しくじってなるものか」

「いくら暖簾分けの代金を出すと言っているんだえ」

「元八、おまえが知ったことじゃないよ」

「だって、保次郎さん、おれたち、同じ船に乗っているんだろう。いいこともよ、悪いことも折半じゃなきゃあ」

「馬鹿野郎、お美々を拐かして分家の金を出させようと算段してきたのはこのおれだ。おめえはただの手伝いということを忘れるな」

「じゃあ、おれの分け前はいくらだ」

「まあ、二十五両だな」

「たったのそれぽっちか。おれが恐れながらと奉行所に訴え出れば保次郎さんの首が飛ぶぜ」

二人の会話を政次らは玄関で聞いていた。

「そんときにゃ、一蓮托生《いちれんたくしょう》、おめえの首が飛ぶんだよ。お美々の身と引き換えに、銭を引き出すところまで漕ぎつけたんだ。仲間割れしている場合か」

「それでも二十五両ぽっちじゃ少ないぜ」

「なんだ、この風は」

と保次郎が家に吹き込む風に気付いたとき、政次が合図して踏み込んでいった。

裏口組も同時に行動を起こした。

「御用だ、神妙にしねえ！」

と八百亀が渋い声で言い放った。

「しまった、罠《わな》に引っかかったぜ」

と保次郎が懐に手を差し込み、匕首《あいくち》を抜いて次の間に縄で手足を縛られ、転がされたお美々の体に飛びかかろうとした。

だが、一瞬早く裏口組の稲荷の正太《しょうた》がお美々の体に飛びつき、自らの体でお美々の身を覆った。

「くそっ、手入れだ。元八、逃げるぞ」

それでも保次郎が喚《わめ》いたとき、保次郎と元八の二人の体に折り重なるように金座裏の手先たちが飛びついて、その場に押し倒した。

「稲荷の兄い、お美々に怪我はありませんか」

と落ち着いた政次若親分の声がして、

「元気は失っているが、怪我はねえようだ」

と正太が答えて、縄を解いた。

捕縄を掛けられて引き立たされた保次郎に、

「山城屋内でなにがあったか知りませんが、幼い娘を拐かして分家する金子を脅そうとする魂胆はいけませんね」

「くそっ、呉服屋の手代上がりに見透かされたか」

「呉服屋の手代上がりで悪うございましたね。金座裏ではどんな悪党も逃さないのが仕来《しきた》りでしてね。おまえさん方の首が体につながったまま、あの世に行けるかどうか、奉行所の白洲《しらす》が教えてくれますよ」

と政次が諭《さと》すように静かに言った。

「ひえっ」

と元八が悲鳴を上げて、

「おれはただの手伝いだ。保次郎に脅されてやっただけだ」

と喚き始めた。

夜半九つ（午前零時）の石町の時鐘が響いて、亮吉が小柳三丁目の山城屋の表戸をどんどんと叩いた。だが、しばらく中から応答はない。

「山城屋さん、金座裏だ。開けてくんな」

と亮吉の声にようやく臆病窓が開き、亮吉が顔を突き出して、

「金座裏の亮吉だよ」

と身許《みもと》を明かした。

ようやく通用口の戸が開かれて亮吉がまず飛び込み、政次が掻巻《かいまき》に包《くる》んだお美々を抱え、さらにその後を八百亀が政次に従うように山城屋の土間に入った。すると店で寝ていた手代が、

「もしやお美々様ではございませんか」

「おう、そういうことだよ」

亮吉の返答にがくがくと頷いた手代が、

「お美々様が戻られましたぞ！」

と大声で叫び、店の二階や奥で飛び起きる気配がして、まず番頭の俊蔵が階段を二段おきに飛び下りて店の板の間に姿を見せた。

「金座裏の、お美々様は無事にございますか」

「番頭さん、いささか疲れた様子ですが元気ですよ」

と掻巻を剝《は》いだ。するとお美々が政次の肩に顔をつけて眠り込んでいた。

「お美々」

と悲鳴が上がり、寝巻姿の内儀のお華《はな》が店に姿を見せ、政次がお美々を搔巻ごとお華に渡した。

その後、主の惣左衛門が現れたが、女房が娘を抱いてうれし涙にくれる様子を茫然《ぼうぜん》自失の体で眺めた。

「惣左衛門さん、娘御はたしかにお返し致しましたよ」

と政次が告げて、

「金座裏に戻ろうか」

と亮吉と八百亀に告げた。

「若親分さん、なんとお礼を申してよいやら」

と番頭の俊蔵がおろおろと言った。八百亀が、

「旦那、明日にも北町奉行所からお呼び出しがきましょう。その節は素直に従われることだ」

と諭すように言った。

「旦那様」

「おまえ様」

と内儀と番頭の二人が惣左衛門を見た。なにか口を開きかけたが、言葉にはならなかった。

「旦那、下手人は承知ですな。こたびは娘の命は助かったが、こうはいかないこともある。下手人も必死だ、匕首の一本も懐に呑んで、お美々さんを人質に逃げようなんて考える野郎だ。まかり間違えば、こちらに骸《むくろ》で帰ってくることだってあったんだぜ」

八百亀が引導を渡すように言った。

がたん
と惣左衛門の体が落ちて、両膝《ひざ》が板の間に激しくぶつかった。

「げ、下手人は捕まりましたか」

「保次郎と元八のことかえ」

という八百亀の返答に内儀が悲鳴を上げ、番頭は、

「やっぱり」

という表情を見せた。

「うちは徳川様が江戸に幕府を開いた時からの御用聞きだ。金座を身を挺《てい》して二代目宗五郎が守ったてんで、将軍家光様から金流しの十手を拝領した御用聞きだ。小柳町

といえばうちの縄張り内、ちったあ、金座裏のことを信用してくれても罰は当たらないんじゃないかえ」

「八百亀、もういい。お美々さんが無事に親御のもとに戻ったんですよ、それ以上のことがありますか」

と政次が八百亀の怒りを鎮め、潜り戸から表に出ようとすると、

「若親分さん、私が了見違いをしておりました。叔父の悪さ、大したことはあるまいと高をくくったのが間違いにございました」

「山城屋さん、娘の命と小判を秤《はかり》にかける真似は大きな間違いにございますよ」

と言い残すと外に出た。すると八百亀と亮吉が黙って従ってきた。

政次らが金座裏に戻ったとき、しほだけが起きていた。

「お帰りなさい、ご苦労にございました」

「品川まで出迎えに行けずに悪かったたねえ」

と政次が詫《わ》びた。

「うちは御用聞きの家系にございます。御用専一が家訓と親分も政次さんの判断を喜んでおられました」

頷いた政次がしほに尋ねた。

「親分方はもう休まれたか」

「話は明日と申されて休まれました」

「八百亀の兄さん、亮吉、大番屋組もそろそろ帰ってくるころでしょう」

と政次が言うところに大番屋に保次郎と元八の身柄を運び込んだ稲荷の正太らが戻ってきた。

「ご苦労でした。台所に酒の仕度がしてございます。寝酒を呑んで休んで下さいな」

としほの言葉に、

「しめた」

と亮吉が歓声を上げ、八百亀が、

「若親分、朝の間からなにも食べてないんじゃございませんかえ」

と政次の腹具合を案じた。

「そうですね、長い一日でした」

と台所に政次と手先たちが移る気配を宗五郎とおみつが寝間から窺い、

「おみつ、もはやおれの代は終わったな」

と宗五郎がしみじみと呟いた。

「政次としほが十代目の金看板を立派に継ぎましたよ。本式にいつ隠居してもようございますね」

「ああ」

と答えた宗五郎の返事には満足感と寂しさが同居しているのをおみつは感じていた。

四

四つ（午前十時）の刻限、金座裏の庭に赤い南天の実が陽射しを浴びていた。熱海の光ほど明るくも軽やかでもないが、穏やかな師走の江戸の光が差し込んでいる。

宗五郎は長火鉢の前で煙管の吸い口からこよりを差し込み、掃除を始めた。その顔はなんとなく締まりがなく、時ににやにや笑いが顔に浮かんだ。そして、

「九代目宗五郎も齢《とし》だぜ」

と呟きとも詠嘆ともつかぬ言葉を漏らした。

菊小僧《きくこぞう》が猫板の上で香箱を作って眠っている。

金座裏は事もなし、長閑《のどか》だが濃密な時が流れていた。

台所が一段落ついたか、おみつが菓子皿に練り菓子を載せてきて、

「おまえさん、口元がだらしなく緩んでいるよ」

と言いかけ、

「おみつ、おめえの顔だって、なんだかだらしがねえよ」

「そうかね、私ゃ、平静ですよ」

と答えたおみつの顔が崩れていた。

箱根から熱海と回って金座裏に帰ってきた翌日、しほがちょいと出かけてきますと外出をした。そして、金座裏に戻ってきたとき、政次と一緒だった。

居間では宗五郎が湯治旅の覚え書きを自ら綴《と》じた帳面に記していたが、

「お義父っつあん、ちょいとお話が」

と言い出し、政次が台所からおみつを伴い、戻ってきた。

「なんだい、改まって話なんてさ」

とおみつが二人に言いかけ、宗五郎はしほの顔を黙ってみていた。

「お義父っつあん、おっ義母さん、桂川《かつらがわ》先生の診察を受けて参りました」

としほが言い出した。

「えっ」

桂川先生とは金座裏の掛かりつけの御蘭医で御典医の家系でもあった。

と驚きの声を上げたおみつが、

「どこか体が悪いのかえ。箱根の湯治旅で無理をしたかね」

と案じ、宗五郎が、

「しほ、桂川先生はなんと診立《みた》てられたえ」

と期待の表情で尋ねた。

「はい。懐妊しているそうにございます」

宗五郎がにやりと笑い、おみつは口を開きかけたが、

「あわあわあわ」

と言葉にならない驚きを漏らし、

「し、しほ、やや子が出来たって」

「はい。湯治旅の間、くるべきものが遅れていたのでもしやと思いましたが、道中や湯治でいつもと違う暮らし、体が異変を感じているのかと考え直したりしました。ですが、本日、桂川先生の診断を仰《あお》ぐと三月《みつき》、懐妊だそうにございます」

「おまえさん！」

「おみつ、静かにしねえか」

「だって私たちに孫ができるんだよ。やったよ、しほ。こうなりゃ、男だって女だっ

てどっちだっていいよ。元気な子を産んでおくれな。私ゃね、湯治に行く前から言ったでしょうが。湯治は女の体を温めて、子を宿したくなるって。早速ご利益《りやく》があったよ。お礼にいかなきゃあ、まずうちの神棚にお礼を申して」

と立ち上がるおみつを、宗五郎が制した。

「おみつ、ちったあ落ち着かないか」

「これが落ち着いていられるものか」

この夜、金座裏では何事もなかったこともあって、手先全員に下っ引きの髪結新三と旦那の源太、小僧の弥一、それに彦四郎を呼んで内祝いに酒を飲んだ。

この場で話を聞いた亮吉が、

「めでてえや、金座裏に十一代目の誕生だ」

「亮吉、なにも男と決まったわけじゃないよ」

「若親分、女だって構わねえ。親分、そうだよな、金座裏に女御用聞きがいたっておかしかねえだろう」

「うーむ、亮吉、考えやがったな。おれも女親分とは考えもしなかったぜ。十一代目にして、女の宗五郎か」

「娘だと宗五郎はおかしいぜ。お宗《むね》なんてどうだ、親分」

「まあ、先のことだ。政次としほの子が女ならば、そんとき、考えるさ」

賑やかな一夜が過ぎて、若夫婦は松坂屋や豊島屋など親類付き合い同様なところにそのことを告げに出かけていた。


「来年の今頃は、私たちじい様とばあ様ですよ」

「ああ、そういうこった。嬉しいような寂しいような、なんとも複雑な気分だぜ」

と宗五郎が答えたところに玄関で人の気配がして、

「親分、いなさるか。三徳の旦那と番頭さんのお出ましですよ」

と八百亀の声がして、金座裏の番頭格の手先が二人を案内してきた。

「親分、名主の樽屋《たるや》の家の前でばったりとお二人にあってねえ」

と事情を説明した八百亀とは対照的に硬い表情の蠟燭問屋三徳の主と番頭が小僧に持たせてきた風呂敷包みを傍らにおき、

「親分さん、このたびは若親分や八百亀に世話になりながらも、お礼が遅れて申し訳ございませんでした。と申すのは親父の弔いやら初七日やら遺品の整理などで親戚廻りをしておったりと、かようなことに相なりました。ご不快と思われたことにございましょうがお許し下さい」

と二人が平伏した。

「三徳の旦那、番頭さん、それじゃ話もできませんよ。まずはお頭を上げて下さいましな」

と宗五郎が言い、二人がようやく顔を上げた。

「ご隠居が亡くなられたそうな。留守中のことは政次から話を聞きました。とんだことでございましたな、お悔やみ申し上げますよ」

「ありがとうございます。まったく、とんだ最期にございましたが、これもまた天命かとようやく心中で思うようになりました」

「それがいいや、死者のことをいつまでも恨みに思うたり、哀しみにくれたりするのも考えものだ。親父様は立派に生を全《まっと》うしてあの世に旅立たれたのでございますよ」

「はい」

「いかにもさよう心得ます」

と主従が答えた。親左衛門《しんざえもん》が、

「正直申します。私はお桂《けい》を巡って親父を憎み、こたびの一件では世間様への体裁ばかりを考えて、北町の寺坂様や若親分に非礼を働いてしまいました。親父の初七日を終え、菩提寺《ぼだいじ》の和尚《おしよう》とあれこれ話す内にいかに私の心が狭量であったか、思い知らされました。番頭とも話し合い、金座裏に改めて、縄張り中のお付き合いをお願い申し上げたく、かように二人して顔を出しましてございます。今後はご昵懇《じつこん》のお付き合いを願い奉《たてまつ》ります」

「親左衛門さん、うちはお稲荷様じゃねえや、奉られても困りものだ。町内同然の私どもだ、こちらからもお願い申しますぜ」

と宗五郎が磊落《らいらく》な返事をすると親左衛門も文蔵《ぶんぞう》もほっとした顔で、おみつが淹《い》れた茶を喫し、湯治話などをして時を過ごした。そして、最後に、

「親分方が湯治旅から無事にお戻りとお聞きいたしましたので、魚河岸で鯛を購《あがの》うて参りました。お納めくださいい」

と主従で願い、風呂敷包みを解くと、目の下一尺五寸（約四十五センチ）は優に超えた真鯛が竹籠に鎮座していた。

「めでてえか、有難く頂戴しますぜ」

と宗五郎が頷き、二人が金座裏を辞去した。その二人を玄関先に見送った八百亀が戻ってきて、

「親父が死んだ意味をちったあ考えましたかね」

と宗五郎に問うたものだ。

「さあな、そいつはこれからの付き合い次第よ」

と宗五郎が答えるとおみつが、

「おまえさん、これ」

と真鯛の頭の上、瑞々《みずみず》しい杉葉の下を差した。

「なんだえ」

「小判だねえ」

と杉葉をどかすと、二十五両の包金《つつみきん》が四つ杉葉と鯛の体の下に隠されていた。

「鯛は頂戴して、金子はお返しするかえ」

「それも角《かど》が立とう、なあ、八百亀」

「そうですとも、三徳の隠居の死の真相が世間に漏れなかったのは若親分の働きだ。お桂が仲間の切っ先を喉にうけて死んだからだ。世間に漏れたことを考えたら、三徳の商いにも差し障りがでましたよ」

「八百亀、三徳の様子を見ていねえ、なんぞめでたいことがあったときに半金なりともお返ししようか」

「それがようございますよ」

「昨日の内祝いには鯛はさすがに用意できなかったよ。今晩はこれでいっぱいやりましょうかね」

と杉葉から包金四つを出すと竹籠の鯛だけを台所に運んでいった。

その刻限、政次としほは、政次の実家から松坂屋を訪ね、豊島屋に回ろうとしていた。むろん一石橋を渡って金座の前、常盤橋《ときわ》を横目に見ながら龍閑橋に向かう。

「政次さんのお父っつあんがあんな風に喜ばれるなんて驚いたわ」

「職人は無口だからな、親父もめったに感情を面《おもて》に出すことはない。お袋は涙を流すし、親父はそわそわと立ち上がったり、座ったり、わけの分からないことを喋っては、ちっとも落ち着きがない。私は親父のあんな姿を初めてみたよ」

と政次が苦笑いした。

「松坂屋のおえい様もぼろぼろと涙を流されて、これでもう一人外孫ができましたね、と仰《おっしゃ》ったときには私も涙を我慢することができませんでした。しほは幸せ者です」

二人が立ち止まって話し合う龍閑橋では早、在所から上がってきた太神楽《だいかぐら》の男衆と行き合った。

「しほ、新春がすぐそこだよ」

とまた涙を零《こぼ》しそうなしほに政次が話柄を変えた。

「はっ、はい」

「来年になれば私たちに子が出来る」

政次が話題を戻した。平静なようで政次の顔は上気していた。

「おかしいな」

「なにがおかしいのかな」

「政次さんと私の間に子が生まれるなんて」

「夫婦《めおと》です、おかしくはない」

「夢は叶うものなんですね」

と、しほのしみじみとした声が龍閑橋に流れて、

「なによりだれより親分とおっ義母さんがあれほど喜ばれるとは想像もしませんでした」

「おっ養母《か》さんも親分も自分の代で金座裏は幕引きと、いったんは覚悟なされたのだ」

「私が金座裏に入っていいのかしらと思ったこともございましたが、よかったんですね」

「ああ、この道を歩いてきて正しかったのだ」

と政次が答えたとき、

「よう、ご両人。豊島屋に報告かえ」

と龍閑川の猪牙舟から彦四郎の声が響いた。

「彦四郎さん、昨日はありがとう」

「礼には及ばねえ。こっちは祝い酒を頂戴しただけだ」

と彦四郎が答えるところにおふじが客を案内してきた。

「しほちゃん、聞きましたよ。おめでとう」

「ありがとう、おふじさん」

客が猪牙舟に乗り込み、おふじが舳先に手を添えて送り出し、橋の上を見上げると、

「まだまだ寒い季節が続くわ。折角湯治で温めた体を江戸の寒さで冷やさないでね」

「ありがとう、女将《おかみ》さん」

と船宿の女将の気遣いに答えた若夫婦は鎌倉河岸に入っていった。

ちょうど朝市が終わった鎌倉河岸では野菜などの出店をしていた商人や百姓衆が後片付けをして、豊島屋の店先では庄太たちが掃き掃除をしていた。

「政次さん、ちょっと待って」

と政次に願ったしほは鎌倉河岸の守護桜の八重桜に歩み寄り、ごつごつとした幹に掌を押しつけた。

川越藩を出奔した両親と江戸に住み始め、母を病で亡くしたあと、町娘としてしほは、豊島屋に通い奉公に出たのだ。その後、父も賭碁《かけご》の諍《いさか》いで命をおとし、しほは独りになった。

辛いとき、寂しいとき、しほは吉宗様のお手植えの桜に掌を押しつけて老桜に悩みを打ち明け、木の精を貰い、生きる力を蘇《よみがえ》らせてきた。

しほにとってこの老桜は鎮守様にも似た存在だった。

両眼を瞑《つぶ》り、胸の中で、

（お桜様、政次さんとしほの間に子が生まれます、どうか無事誕生まで見守って下さい）

と願った。するとしほの手に大きな手が重ねられた。

「男の子でも女の子でも構いません。元気な子をお授け下さい」

と政次の声がしほの耳元で響いた。

「若親分、人前でしほさんの手に触れるほど寂しかったのかい」

と庄太の声がして二人が両目を開いて振り返った。

「庄太、大事な恋女房です。湯治の間、どれほど案じたか」

「へえ、しほさんは絵ばかり描いていてさ、政次さんのことなんか心配してる風はなかったがな」

「小僧さん、大人をからかうもんじゃありませんよ」

と政次が笑いかけ、

「庄太さん、私が絵を描いていたのは政次さんと一緒じゃない寂しさを紛らすためよ」

「しほさんもいうね。そうだ、しほさんが来年にはおっ母さんになると、亮吉さんから聞いたよ、おめでとう」

「ありがとう、庄太さん」

と礼を述べたしほが箒《ほうき》を持つ庄太の手を取ると、豊島屋に向かって広場を横切っていった。むろんもう一方の手は政次の手をしっかりと摑んで、三人で一緒に暖簾を潜ると、

「いらっしゃい」

と清蔵《せいぞう》の元気な声が客のいない広土間に響き渡った。

「おめでとう、若親分、しほさん。まさか湯治旅の間にも政次さんの子を宿していた

なんて考えもしなかったよ」

と清蔵が笑いかけ、

「それはそれとして、しほさん、道中で描きためた箱根、熱海湯治百景の展示だが、いつやるね」

と尋ねてきたものだ。

「そのご相談に参りました」

「めでたい時を選ぶなら年が明けての松の内だ。だが、私どもが湯治から戻ったことが話題になっている年の内にやるというのも一つの手だね」

「年の内となるといささか大忙しですね。でも、ご隠居、二、三日もらえれば画帖を整理して、簡単な表装を願い、豊島屋さんの壁に張り出すことはできると思います」

「身重《みおも》の体でいささか酷だが、鎌倉河岸界隈の人々への恩返しです。しほさん、願いましょうかな」

「ご隠居、宜《よろ》しくお願い申します」

としほが頭を下げて、政次はがらんとした豊島屋の広土間にしほの絵が掛かった光景を想像して、にっこりと微笑《ほほえ》んだ。

本書は時代小説文庫（ハルキ文庫）の書き下ろし作品です。

時代小説文庫
さ 8-35

熱海《あたみ》湯《ゆ》けむり 鎌倉《かまくら》河岸《がし》捕物控《とりものひかえ》〈十八《じゅうはち》の巻《まき》〉

著者 佐《さ》伯《えき》泰《やす》英《ひで》

2011年5月8日第一刷発行

発行者 角川春樹

発行所 株式会社 角川春樹事務所
〒102-0074 東京都千代田区九段南2-1-30 イタリア文化会館

電話 03(3263)5247[編集] 03(3263)5881[営業]

印刷・製本 中央精版印刷株式会社

フォーマット・デザイン＆シンボルマーク 芦澤泰偉

ISBN978-4-7584-3537-6 C0193
http://www.kadokawaharuki.co.jp/[営業]
fanmail@kadokawaharuki.co.jp[編集] ご意見・ご感想をお寄せください。

新装版 **橘花《きっか》の仇《あだ》** 鎌倉河岸捕物控〈一の巻〉
佐伯泰英
江戸鎌倉河岸の酒問屋の看板娘・しほ。ある日父が斬殺されたが……。
人情味あふれる交流を通じて、江戸の町に繰り広げられる
事件の数々を描く連作時代長篇。（解説・細谷正充）

新装版 **政次、奔《はし》る** 鎌倉河岸捕物控〈二の巻〉
佐伯泰英
江戸松坂屋の隠居松六は、手代政次を従えた年始回りの帰途、
刺客に襲われる。鎌倉河岸を舞台とした事件の数々を通じて描く、
好評シリーズ第２弾。（解説・長谷部史親）

新装版 **御金座破り** 鎌倉河岸捕物控〈三の巻〉
佐伯泰英
戸田川の渡しで金座の手代・助蔵の斬殺死体が見つかった。
捜査に乗り出した金座裏の宗五郎だが、
事件の背後には金座をめぐる奸計が渦巻いていた……。（解説・小梛治宣）

新装版 **暴れ彦四郎** 鎌倉河岸捕物控〈四の巻〉
佐伯泰英
川越に出立することになったしほ。彼女が乗る船まで見送りに向かった
船頭・彦四郎だったが、その後謎の刺客集団に襲われることに……。
鎌倉河岸捕物控シリーズ第４弾。（解説・星 敬）

新装版 **古町《こまち》殺し** 鎌倉河岸捕物控〈五の巻〉
佐伯泰英
開幕以来江戸に住む古町町人たちが「御能拝見」を前に
立て続けに殺された。そして宗五郎をも襲う謎の集団の影！
大好評シリーズ第５弾。（解説・細谷正充）

文庫 時代小説

書き下ろし **逢魔時の賊** 八丁堀剣客同心

鳥羽 亮

夕闇の瀬戸物屋に賊が押し入り、主人と奉公人が斬殺された。
隠密同心・長月隼人は過去に捕縛され、
打首にされた盗賊一味との繋がりを見つけ出すが――。書き下ろし。

書き下ろし **かくれ蓑** 八丁堀剣客同心

鳥羽 亮

岡っ引きの浜六が何者かによって斬殺された。
隠密同心・長月隼人は、探索を開始するが――。町方をも恐れぬ犯人の
正体とは何者なのか⁉　大好評シリーズ、書き下ろし。

書き下ろし **黒鞘の刺客** 八丁堀剣客同心

鳥羽 亮

薬種問屋に強盗が押し入り大金が奪われた。近辺で起っている
強盗事件と同一犯か?　密命を受けた隠密同心・長月隼人は、
探索に乗り出す。恐るべき賊の正体とは⁉　書き下ろし時代長篇。

書き下ろし **赤い風車** 八丁堀剣客同心

鳥羽 亮

女児が何者かに攫われる事件が起きた。十両と引き換えに子供を
連れ戻しに行った手習いの男が斬殺され、その後同様の手口の事件が
続発する。長月隼人は探索を開始するが……。

書き下ろし **五弁の悪花** 八丁堀剣客同心

鳥羽 亮

八丁堀の中ノ橋付近で定廻り同心の菊池と小者が、
武士風の二人組みに斬殺される。さらに岡っ引きの弥十も敵の手に。
八丁堀を恐れず凶刃を振るう敵に、長月隼人は決死の戦いを挑む！